くちびるは恋を綴る

杉原朱紀

JN267360

幻冬舎ルチル文庫

CONTENTS ✦目次✦

✦くちびるは恋を綴る

✦イラスト・サマミヤアカザ

✦カバーデザイン＝久保宏夏（omochi design）
✦ブックデザイン＝まるか工房

くちびるは恋を綴る

本を読む時はいつも、頭の中に流れる映像を眺めているような感覚になる。のめりこめばこむほどそれはさらに鮮明さを増す――いや、鮮明に思い浮かぶからこそ一層物語の中に沈みこんでいくのかもしれない。

たったひと言、聞いてみればよかったのだ。ある日忽然《こつぜん》と姿を消してしまった人。その人を探す少年。胸に抱えた、苦い後悔。他人から見たらたいしたことはないかもしれない。だがそれは生き方すら変えてしまうほど、少年にとっては大切なことだった。

必死に手を伸ばして、伸ばして、けれど見つからない――届かない。

暗闇の中で、あるかどうかもわからないものを探すのに似たそれを、少年は無心に繰り返した。シュレーディンガーの猫。真実は、蓋《ふた》を開けてみるまでわからない。

『……――っ』

忘れようとしていたものが記憶の底から這《は》い上がってくる。ずっと抱え続け――幾つもの場面で重なり合った、後悔。

「……ト？　おい、チサト！」

「っ！」

唐突に割りこんできた大声に、羽村千里《はねむらせんり》は反射的に顔を上げた。物語の中から一気に引きずり戻され、ぼんやりとした意識がわずかに遅れて現実へ焦点を結ぶ。いつの間にか目の前に立っていた不機嫌そうな青年――茅ケ崎稔《ちがさきみのる》の姿に目を瞬《またた》かせた。

「あれ、稔。稽古《けいこ》終わった？」

膝《ひざ》の上に置いた本を閉じると、稔の目がすっと細められる。

「終わったー？　じゃねえよ。お前、何回呼んだと思ってる。その、本読み始めたら周り一切見なくなる癖やめろっていつも言ってんだろうが！」

「いた、いたたた、痛……稔、痛いよ」

ぐりぐりと頭頂部を拳《こぶし》で押さえつけられ、結構な力のそれに思わず首を竦《すく》める。

劇団『リバース』が所有する稽古場の、更衣室兼休憩室。ロッカーの他には、会議机やパイプ椅子、お茶が入れられる程度の小さな流し台があるだけの小部屋だ。机の上には大抵誰かが持ってきた差し入れが置かれており、今日は焼きドーナツが並んでいた。

千里は、三年前――十九歳の頃からこの劇団に役者として所属している。同い年の稔は千里よりもずっと早く、十歳から所属していた。

今は二週間後にある新人公演の稽古後で、稽古場の休憩室で本を読みながら、新人達に教えを乞《こ》われ居残り稽古をしていた稔を待っていたのだ。

「……稽古どうだった？」

ようやく拳から解放され、うっすらと涙を滲《にじ》ませながら問う。千里を放置しロッカーの前で着替え始めた稔が、ふんと鼻を鳴らした。

「のほほんとした顔でよく言うな。自分はちゃっかり逃げやがって」

「だって俺は人に教えるの向いてないって、稔が一番よく知ってるだろ。いいとこも駄目なとこもちゃんと指摘できるから、みんな稔に聞くんだよ」

「うるせえ。あいつらお前のこと探してたぞ」

汗で濡《ぬ》れたTシャツを脱いでこちらを向いた稔が、千里の膝から本を取り上げる。かつんと本の背で額《ひたい》を叩《たた》かれ、だからやめてと額を掌《てのひら》でさすった。

新人公演は、その名の通り主演やそれに準ずる役を入団三年目くらいまでの新人から選ぶ。そして完成度や集客力をあげるため、脇《わき》を実力のある団員で固めるのだ。今回、稔も千里も出演はしないのだが、稽古中の後輩指導も勉強のうちだった。

入団年数からいえば千里も新人扱いなのだが、以前別の劇団に所属していたこともあり枠からは外されている。

ひょろりとして百七十にぎりぎり届く千里とは違い、稔は百八十近い身長と引き締まった体軀《たいく》に恵まれており舞台上でも存在感がある。襟足をすっきり整えた黒髪と黒い瞳。目元が鋭くいささかきつい顔立ちをしているものの、それがファンの間でもかっこいいと評判だ。テレビドラマや映画の出演も増え始めており、劇団の若手の中で最も注目されている役者でもある。

一方の千里は、小作りな、ともすれば神経質そうにも見える容貌《ようぼう》だった。黙っていれば冷淡そうな、目尻《めじり》がほんの少し吊《つ》り上がり気味の瞳と薄い唇。榛色《はしばみいろ》の髪は柔らかく、いつも舞台に立つ前のセットに苦労している。また髪と同じく虹彩《こうさい》の色素もやや薄く、外国人のようだと言われることが多かった。

その上、華奢《きゃしゃ》な体格のせいか、二十二歳になった今でも衣装と演技次第で性別すら曖昧《あいまい》な雰囲気になるとよく言われてしまう。見た目で男だとわかるだろうと呆《あき》れはするが、からかい半分の言葉にいちいち突っ込んでも仕方がなく大抵は放置している。

ちなみに劇団側の方針で、千里はこれまでの経歴やプロフィールを公表していない。といっても公式として積極的には公表しないというスタンスで、厳密なものではないが。

以前いた劇団も大手ではあったし、知っている人は知っている。それに人の出入りがある以上噂《うわさ》は流れるもので、チサトに関しては虚実取り混ぜたプロフィールがファンの間で語られているらしい。

どうしてか、とそれを決めた責任者に聞いてみたことはある。

『チサトの場合、バックグラウンドが曖昧な方が興味をひかれるだろうから』

稔のような存在感があるわけではなく、どちらかといえば摑《つか》みどころのない雰囲気は、影の薄さにも繫《つな》がる。ならば、あえてその摑みどころのなさを強調させたらウリになるんじゃないか、という意図らしい。人間、隠されると知りたくなるものだろう、と。

「あ」

読んでいた本を鞄《かばん》に仕舞おうとして、中にもう一冊あることに気づく。しまったと取り出したそれは借りものの単行本で、今日返そうと思って持ってきたものだった。

「やば、高凪《たかなぎ》さんまだいるかな？」

「さっき客が来るとか言ってたから、事務室の方にいるだろ」

「ごめん、ちょっと覗《のぞ》いてくるから着替えてて。本返すの忘れてた」

「おー、急げよ」

稔の声を背に休憩室を出る。先ほどまで稽古のため喧噪《けんそう》に満ちていたホールも、すでに人《ひと》気《け》がなくしんと静まり返っている。居残っていた新人達も引き上げたのだろう。人数が多いため、更衣室は別の場所にもう一部屋設けられているのだ。

ところどころ照明が落とされた薄暗い廊下は、夜の学校を連想させた。扉の向こうで、人ではない何かが深夜になるのを待って動き始めそうな。そんな想像をかき立てられる物寂しさと、取り残されたような微《かす》かな恐怖。

足早に稽古部屋の前を通り過ぎ、隣にある事務室の扉を叩く。通りすがりにあった部屋に人の気配はなさそうだったため、いるならこちらだろう。

「お疲れさまです」

そっと開いた扉の隙間《すきま》から中を覗く。がらんとした部屋には誰もおらず、あれ、と首を傾《かし》げた。事務室にはたいてい事務スタッフの誰かがいるはずなのだが。扉を大きく開いてもう一度見渡すが、やはりもぬけのからだった。

「どっか行っちゃったのかな」

どうやら探している相手——高凪もいなさそうだ。

高凪恭司《きょうじ》は、名実ともにこの劇団の看板役者である男だ。映画やドラマでも活躍している実力派俳優で、舞台に立つ機会は減っているが稽古には時間の許す限り顔を出し演技指導をしてくれている。そんな高凪が出る公演は、前売りチケットの発売後すぐに完売が出てしまうほどの人気ぶりだ。

基本的に面倒見がいいのだろう、千里も入団してから色々と教えて貰《もら》っていた。またかなりの読書家で、話が合うせいかよく本を貸してくれる。先日借りたのは有名な文学小説で、作家の名は知っているがとっつき難《にく》そうで読んだことがないという千里のために比較的読みやすい本を選んでくれたのだ。

「しょうがない、今度でいいか」

来客があるのなら迎えに行っているのかもしれない。明日から撮影で顔を出せないと言っていたから、今日のうちに返しておきたかったのだが。また次に会えた時でいいかと事務室の扉を閉じて踵《きびす》を返した、その時。

「……っ！」

こちらに近づいてきていた男に思い切り顔面をぶつけてしまう。咄嗟《とっさ》に目を閉じたのと同時に持っていた本が手から滑り落ち、ばさりという音が耳に届く。

「っと、ごめんね」

身を屈《かが》めた男が、千里が取り落とした本を拾い上げる。差し出されたそれは大小二冊で、さっきまで読んでいた本も一緒に持ってきてしまっていたことに気づく。すみませんと本を受け取り、改めて千里より頭ひとつ分は高い位置にある男の顔を見上げた。

愛想のいい笑みを浮かべた男は、ぱっと場の雰囲気を明るくするような華があった。視線が合うと、にこりと笑みを深くする。毛先の方に緩く癖のある栗色の髪は長すぎない程度でさっぱりと整えられ、同色の瞳は優しげに緩く弧を描いて細められている。

シャツに秋物のジャケット、やや濃いめのチノパン。ネクタイはしておらず、割合ラフな恰好《かっこう》だといえた。

(どこかの営業……じゃなさそうだし、同業かな)

そう思いつつ、俯《うつむ》いて男から視線を外す。こんなふうに笑顔でするりと人の懐《ふところ》に入りこんでしまいそうなタイプには、どうにも苦手意識が強い。

「ありがとうございます」

床と男の靴を見ながら、会釈とともに礼を告げる。

「どういたしまして。で、こういう時は顔上げようか」

「……っ！」

こめかみあたりが両手ではさまれ、ぐいと顔を上向かされる。突然無遠慮に触れられた感触と、無理矢理変えられた視界にぎょっとし、思わず息を呑《の》む。

「は……離……っ！」

舌を嚙《か》みそうになりながら、後退《あとずさ》って男の手から逃れる。すんなりと離れた手に内心ほっとしつつ、警戒するように数歩分距離をとった。いっそこのまま逃げてしまおうか。そんなことを思っていると、やれやれと男が空いた手を下げる。

「床に礼言っても仕方ないだろう？　相手の顔見なきゃ」

言われたことはもっともだ。だが、だからといって見ず知らずの人間相手に実力行使することはないだろう。

「……――すみ、ません」

俯き加減のまま、ちらりと男の顔を見上げる。よくできましたとばかりに笑みを深くした男が、指先を千里の胸元へ向けてきた。

「それ、面白かった？」

「……――はあ」

示す先にあるのは二冊の本。立ち去るタイミングを逃してしまい、生返事で答えて本を抱え直す。

「なんだ、あんまり面白くなかったみたいだね」

肩を竦めた男に、違うと言いかけて唇を嚙む。片方は文句なく面白いし、借りた方の本も、多少読みづらくはあったものの内容は面白かったのだ。だが、それを説明する言葉が出てこない。慣れない相手だといつもそうだ。言葉を探している間に話が終わってしまう。

(どうしよう……この人、お客さんだよな。このまま帰っていいかな)

誰かを訪ねてきたのなら、目的の相手を聞いて呼びだした方がいいのだろうか。そう思いつつも、微妙な得体のしれなさに早く立ち去ってしまいたいという方向に心を傾けていると、廊下の向こうから聞き慣れた声が耳に届いた。

「悪い、野上《のがみ》。事務室誰もいなかっただろ」

見れば探していた相手――高凪がこちらに近づいてきており、あ、と小さく声を上げた。

見知った顔に自然と肩の力が抜ける。

鋭い切れ長の瞳と、黒髪を洒脱《しゃだつ》に整えた長身。引き締まった体軀は、大柄には見えないけれど頼りない感じもしない。鋭利な刃物のような鋭さと色気が混在しているような、そんな雰囲気を高凪は身に纏《まと》っていた。

どうやら目の前の男は、高凪の客だったらしい。野上と呼ばれたその男が高凪に向かってまだ行ってないよと肩を竦めた。

「なんだ、チサト。どうした？」

千里のもとに辿《たど》り着いた高凪が、ぽんと頭に手を乗せてくる。

「これ返そうと思って。遅くなってすみません」

ハードカバーの本を差し出し、ありがとうございましたと頭を下げる。ちょっと書き方が難しくてわかりにくいとこもあったけど、話は面白かったです。先ほど野上に言えなかったのが嘘《うそ》のようにするりと感想が出てくる。高凪が、思ったよりは読みやすかっただろと笑いながら本を受け取った。

「また他のも持ってきてやるよ。読みたいのがあればメールしろ」

いつものようにくしゃくしゃと髪の毛を掻《か》き回され、お願いしますと頬《ほお》を緩める。

「そっちは……——ああ、今日発売だったやつか」

「はい。待ちきれなくて、稔待ってる間に読んでたんです」

文庫の表紙を高凪に向けて見せながら、えへへ、とこみ上げる嬉《うれ》しさのまま笑みを浮かべる。千里が一番好きな朝倉孝司《あさくらこうじ》という作家の新刊で、今日発売されたばかりのものなのだ。

少し前に大きな賞をとったからか、ここ最近間をおかず新刊が出て嬉しい限りだった。

読むと止まらなくなるため帰り着くまで我慢しようと思っていたのだが、稔を待つ間こらえきれず読み始めてしまった。

「お前、本当好きだよな。うっれしそうな顔してまあ」

「だって、出るの楽しみにしてたんですよ……って、やめてください高凪さん」

髪を掻き回していた大きな掌で頭頂部を摑まれ、かくかくと前後に揺さぶられる。頭とともに声が揺れるのを面白そうに笑われてしまう。

「よしよし。で、野上。これがチサトだ。うちの若手有望株そのイチ」

高凪の手が千里の両肩を摑み、身体《からだ》をくるりと反転させられた。唐突に野上と向き合わされ、表情が硬くなるのを自覚しながら紹介されるままぺこりと頭を下げる。

「え、この子が？」

やけに驚いたような表情に、視線を落としつつ内心で首を傾げる。名前だけは知っていたが顔は知らなかった。そんな反応だった。

「……——チサトです。よろしく、お願いします」

高凪が何か話していたのかもしれない。とりあえずと改めて挨拶《あいさつ》をすれば、だがそれに対する返事はなく、どこか不満げな顔で野上が高凪を見遣《みや》った。

あまり雰囲気のよくない反応に、自然と腰がひけ高凪の方に身体を寄せる。

「なんか、聞いてたのとイメージ違うなあ。暗そうっていうか地味っていうか……高凪、本当にこれがチサト？」

「……——っ」

これと指差され、唖然《あぜん》としてしまう。存在感や華がある方ではないと自覚しているが、劇団関係者以外、しかも初対面で正面きって言われたのは初めてだ。

（すごい人だなあ……）

舞台から降りてしまえば、むしろ目立たない方がありがたい。自覚がある分特に怒りもわかず驚きのまま相手を見ていると、ちらりと再びこちらを見た野上がなぜか訝《いぶか》しげに眉《まゆ》を寄せる。

「ったく、お前は……んな台詞《せりふ》はこいつの演技見てから言いやがれ、アホ」

だがすぐに、千里を庇《かば》うように眉間《みけん》に皺《しわ》を刻んだ高凪が野上の後ろ頭を思いきりはたく。痛いなあと悪びれた様子もなく文句を言う野上をひと睨《にら》みし、続いて千里をいささか申し訳なさそうな表情で見遣った。

「悪いなチサト。こいつは野上祐成《ゆうせい》。俺の友人なんだが一応小説家でな。次の定期公演はこいつの台本になる」

「そう、なんですか」

劇団には一応メインの作家がいるが、定期公演以外では外部の人間が書くこともある。ただ、定期公演でそれをするのは珍しかった。

(ああ、原作の話を書くのかな)

野上が原作となる小説を書き、それを劇団の作家が舞台用の台本に書き直すのだろう。

「ていうか高凪、それまだ決定じゃないだろ」

「あ？　何言ってる、もう決定事項だよ。樫谷《かしたに》さんもあれ読んで乗り気になってるんだ。断れるもんなら断ってみやがれ。それに、こいつなら心配ねえよ」

千里から視線を外した野上が、憮然《ぶぜん》と高凪の方を向く。なんとなく居心地が悪く床に視線を落としていると、いつものように人の悪い笑みを浮かべているとわかる声で高凪が野上の言葉をあしらった。

「それでな……っと」

「チサト？　いつまでも何やってんだ。さっさと帰るぞ」

不機嫌そうな声に横を向くと、先ほど高凪が来た方向から稔が歩いてくるのが見えた。

「あ、稔」

そういえば待たせたままだった。どうやら着替えも終わり待ちくたびれたらしい。肩には自分の荷物と一緒に千里の鞄もかけていた。

「おー、悪い稔。俺が引きとめてた。なんだチサト、今日は稔のところか」

「逆です。稔が向こうに帰るから」

稔の実家と千里の家が隣同士なのだ。稔は、大学入学と同時に稽古場から通いやすい場所にマンションを借りて独り暮しをしているが、千里は実家――正確には祖母の家から通っている。少し距離があるため、稽古で遅くなり終電を逃した時などはよく稔の家に泊めて貰っていた。今日は逆に稔が親に呼びだされ実家に戻るため、一緒に帰ることにしたのだ。

「そうか。じゃあ、今日はもう遅いから帰れ。稔も気をつけて帰れよ」

「うっす。お疲れさまです。ほら行くぞ」

「じゃあ失礼します」

二人に頭を下げ、出口に向かう稔のあとを追いかける。ちらりと振り返れば、事務室に入っていく高凪とその後ろに続く野上の姿が見えた。

「……っ」

不意に、千里の視線に気がついたかのように野上がこちらを向く。そこにどんな表情が浮かんでいるかを見る前に、咄嗟に視線を逸《そ》らしてしまう。あからさまに避けてしまったと思った時には、扉の閉まる音が聞こえ二人の姿は事務室の中に消えていた。

（小説家か。今度高凪さんに、何書いてるのか聞いてみようかな）

そう思い、だがやけに愛想のいい笑顔と平然と言い放たれた暴言がよみがえり、なんともいえない気分になってしまう。

苦手なタイプではある。が、書いているという小説に興味はある。さほど顔を合わせることもないだろうと思いつつも、たった今ちらりと見た横顔が脳裏から消えなかった。

大丈夫。俺は、一人で平気だよ。

いつも笑顔で両親にそう言うのが習慣だった。

昔から、千里は一人でいることがほとんどだった。父親は仕事が忙しく、母親も、身体の弱い姉が入退院を繰り返していたため付き添いで家を空けていることが多かったのだ。

幼いながらもそれは仕方のないことだとわかっていたし、千里自身、二歳上の優しい姉が大好きだったため寂しかったけれど我慢することはできた。それでも学校に行くと、自分以外にもちゃんと人がいると実感できてほっとしたものだ。

だが姉を軸に繋がっていたような家族は、その中心がなくなった途端ばらばらになってしまった。千里が十六歳の時、風邪が悪化して肺炎をおこした姉がこの世を去ってしまったのだ。

それから夜毎《よごと》聞こえていた両親の怒鳴り合いの声。やがてそれも聞こえなくなり、家の中から会話が消えた。そしてかろうじて体裁を保っていた『家族』という形も、千里の高校卒業を待たずに終わりを告げた。

『じゃあな、千里。おばあちゃんの言うことをちゃんと聞けよ』

別れ際の父親の言葉は、そんなふうに至極あっさりとしたものだった。

千里は父親が引き取ることになり、だが転勤で遠方に行くため就職するまでは祖母の家で暮らせと言われたのだ。通っていた高校からはかなり離れていたが残り一年弱はそこから通い、先々大学に行くならそれまでの学費は出すからお前も協力しろと言われれば、わかったと答える以外にはなかった。

けれど、今ではそれでよかったと思っている。祖母は優しく厳しい人で、千里を孫というより息子のように扱ってくれた。一緒にいたのは半年ほど前に他界するまでの数年だけだったが、一番家族らしい時間を過ごせた気がする。丁寧に手入れされた花々が咲き誇る庭つきの一軒家も、ずっとマンションで暮らしていた千里にとっては珍しいばかりだった。

現在は両親ともに再婚し、別々の家庭を築いている。母親とは連絡が途絶えて久しく、父親も再婚時に形ばかりこれからどうすると聞いてはくれたが、祖母の家にいたいと言った時には少しだけほっとした表情を浮かべていた。

すでに千里も成人している。それぞれが、それぞれに居場所を見つければいい。そう思っている。

劇団に最初に入ったのは中学生の頃だ。同級生の父親が当時から有名だったその劇団関係者で、稽古を見学に行こうと誘われたのがきっかけだった。

社会勉強だと全員稽古に交ざって演技の真似事をやり、その日帰宅したあと、団長からうちの劇団に入ってみないかと電話がかかってきたのだ。折しもその劇団では、小学生から高校生くらいまでの子役団員を探している時期だったらしい。

ただ千里は、その場で無理だからと断った。稽古場でのあれこれは楽しく興味もあったが、家にそんな金銭的余裕がないことは中学生ながら察していたからだ。

それでも入団したのは、驚いたことに両親が反対しなかったことと、姉が喜んでくれたからだった。

『千里が舞台に出たら、絶対に観《み》に行くからね。頑張って』

そう言った姉の笑顔に背中を押され、劇団に入ることを決めた。

今考えれば、両親には千里を一人で放っておいた負い目のようなものがあったのだろう。家に一人で置いておくよりは、金銭的に厳しくとも何かやらせておいた方がいいという考えもあったのかもしれない。

結局姉に舞台を観て貰うことはできず、そこも両親の離婚時にやめてしまったが。

そうして数年後、稔に誘われ公演を観に行ったのをきっかけに、もう一度役者をやってみようとリバースに入団した。

正直なところ、最初の劇団で色々とありもう二度と役者はやらないだろうと思っていた。それでも入団を決めたのは、自分の演技が好きだったと——一緒にやってみないかと強く誘ってくれた高凪の言葉と、祖母の家に来てから知り合った隣家の稔が所属しているという安心感によるところが大きかった。

千里自身、演じること自体が嫌になってやめたわけではなかった。ただ役者の道と過去の出来事を切り離せずにいたためそこから逃げていただけだ。数年ぶりに舞台を観た時それを痛感し、もう一度向き合ってみようと——そう思ったのだ。

そして今現在、千里は役者をしつつ大学で勉強している。半年前、祖母が亡くなった時に劇団や大学をやめて働くことも考えた。だが樫谷や高凪達がもう少し頑張ってみないかと引きとめてくれたのと、一度始めたことを中途半端に投げ出すことだけはしないようにと祖母から言われていたこともあり、どちらもできるところまでやってみようと決めたのだ。

「うっす」

ダイニングの扉が開く音で我に返る。流しで洗い物をしつつ見れば、稔が台所に入ってくるところだった。どうやら、先日から実家に遊びにきている祖父母に顔を出せと文句を言われたらしい。ここのところ頻繁に実家に泊まっていた。

「おはよう、稔」

「あー、ねみい。お前、今日大学は？」

「行くよ。午前の講義が休講になったから、午後からだけど」

「なら、どっかで飯食って行こうぜ」

それに頷《うなず》き、先ほど余分に入れたコーヒーを出す。のんびりそれを飲み始めた稔をそのままに、支度をするため部屋に引き上げた。

本棚をざっと流し見て文庫本を手に取る。

朝倉孝司と書かれた作家名のそれは、先日稽古場で読んでいた新刊だ。とうに読み終わっていたが、空いた時間にもう一度読もうと鞄の中に入れた。

高校に入学した頃初めて読んだ時からこの作家が大好きで、持っている本は全《すべ》て読み返しすぎてぼろぼろになってしまっている。もう一冊ずつ欲しいが、新しく出る本のこともあるためそのままになっていた。

（そういえば、あれから会ってないな）

ふと、一週間ほど前に稽古場で会った野上のことを思い出す。結局あの日以降高凪にも会えていないため、野上が何を書いているのか聞けないままだ。

『なんか、聞いてたのとイメージ違うなあ』

芋《いも》づる式に思い出した不満そうな声に、溜息《ためいき》が零《こぼ》れる。台本を書くのならまた顔を合わせるかもしれないが、そうそう話す機会などないだろう。

ほどなく家を出て二人で向かったのは、大学の最寄り駅近くにある定食屋だった。稔とは学部が違うものの同じ大学に通っている。

昼食で混《こ》み始める寸前だったらしく、店は数人の客がいるだけだ。二人揃《そろ》って日替わり定食を頼んだところで、稔がおもむろに口を開く。

「千里。お前、いい加減その眼鏡変えれば」

「うん、そのうちね」

「お前のそのうちは一生こねえだろうが」

真正面から千里の顔を見つめ、稔が舌打ちでもしそうな勢いで顔を歪《ゆが》める。幾度目かもわからない指摘に、千里もまたいつもと同じ言葉を返した。

「まだ十分使えるから別にいいよ。それにこれの方が誤魔化すのに丁度いいし」

「そりゃリバースの主力が、こんなダサ眼鏡したぼけーっとしたやつだとは思わねえだろ普通。つうかその服もいつから着てんだよ」

ずけずけと遠慮のない物言いに、苦笑しつつ律儀に記憶を辿る。

「えーっと、高校入った頃くらいかな。サイズ変わってないし。それに主力って……稔じゃあるまいし」

「うちで出番とるのがどんだけ厳しいか知ってんだろ。入って速攻役とったのが何言ってやがる。謙遜《けんそん》も大概にしねえと、何年経《た》っても出られねえのが聞いたらただの嫌みだ」

ばっさりと切り捨てられ、言葉に詰まる。

「……ごめん、気をつける」

言い方は乱暴だが、これでも千里を心配してくれているのだ。稔のように俳優としての実績があるわけでもリバースでの所属年数があるわけでもないのに、出演回数はそこそこある。まだ入団して間もないのにと不満をぶつけてくる団員は少なからずおり、また千里自身何を言われても否定しないため毎回稔を苛立《いらだ》たせていた。

「お前がそんなだから、他のやつらが調子にのるんだろうが。つうか、んなことはどうでもいい。眼鏡と服。今度買いに行くぞ」

「わかったよ。稔が暇になったらね」

別段、これにこだわっているわけではない。ただ必要がないと思うものを積極的に買おうと思わないだけだ。

（まあいいか。自分じゃ選べないし、稔に頼もう）

基本的に千里は、普段の服装に全く頓着《とんちゃく》しない。傍目《はため》に不快感を与えないよう清潔にしていればいいくらいの認識なため、似たような色や形の洋服をずっと着回し続けている。さらに若干乱視が入っていることもあり、高校時代に作った野暮《やぼ》ったい茶色いフレームの眼鏡をいまだにかけていた。

チサトとして劇団に行く時は眼鏡を外して多少髪を整えているが、それだけで印象が違うらしい。普段の千里を知らなければ下手《へた》をすれば同じ劇団の人間にも気づかれないほどで、意図したわけではないものの素性を隠している以上それはそれで好都合だった。

食事を終え、提出するレポートがあるからと先に大学へ向かった稔と別れ、近くにあるコーヒーのチェーン店へと入る。一番小さいサイズのコーヒーを頼み、窓際にあるカウンター席に腰を落ち着けた。講義が始まるまで、まだだいぶ余裕があるのだ。

味の薄いコーヒーに口をつけ、鞄から文庫本を取り出す。

本当は大学の構内で読む方がゆっくりできるのだが、落ち着ける場所がないのだ。昼を過ぎたこの時間だと構内で座れそうなところは人が溢《あふ》れかえっている。他に比べて安価なこの店は、コーヒーの味も値段相応なせいか、休日のお茶の時間帯を避ければ混み合うことはないためよく利用していた。

ぱらぱらと本をめくり、栞《しおり》を挟んだページから読み始める。ジャンルとしてはミステリ寄りになるのだろうか。シリーズというわけではないものの、幾つかの作品の登場人物や設定がリンクしているため、全て読んでいると一層楽しめる構成になっている。

二人の少年を軸とする話は、別々の事象からやがて一つの結末へと導かれていく。

一人は、大切な人が突然目の前から消えてしまった少年。

言いしれぬ喪失感と、その身を案じる不安感。何も言ってくれなかったことへの腹立たしさと、なんの助けにもなれなかったことへの後悔。

様々な感情を抱えながら、年を経て少年が青年になり、それでも忘れられないその人をあてどもなく探そうとする。

そしてもう一人は、大切な人を傷つけられた少年。

ある事件に巻き込まれ傷つけられた大切な人。深い傷を負わされたその人の傍《そば》に、ただいることしかできない。悔しくて、歯痒《はがゆ》くて。何もできない自分を痛感しながら、それでも傍にいることを選び見守り続ける。

一つ一つの事象は何気なく淡々と語られているものの、話が進めば進むほどその裏に隠されたものが見えてくる。そしてなにより、人との出会いを通して、少しずつ主人公の奥深くに隠された気持ちが見えてくる様が丁寧に描かれているのが好きだった。純粋で、ひたむきで。けれど、自分の正しさが他人の正しさにはなり得ない。色々な矛盾を併せ持っているからこそ、なお一層人間味を帯びてくる。

唐突で圧倒的な——無邪気なまでの悪意を突きつけられ、ひたすら無力さを痛感する。大切な人が傷つけられても、その傷を癒すことも、分けて貰うこともできない。何が自分にできるのか。何をすれば——大切な人は笑ってくれるのか。

最も辛《つら》いのは、関係のない他人が悪意もなく当然のような顔をして大切な人を傷つけること。そしてまた、傍で見ていることしかできない自分も、他人の一部に過ぎないのだということ。

やがて主人公は、自身の傲慢《ごうまん》さを自覚し認めながらも、大切な人に大きな傷を与えた相手に報復することを決意する。

「……——っ」

読み進めるうちに胸が痛くなる。何度読んでも、息苦しいような居たたまれないようなそんな気分になる場面があるのだ。

『君のために泣くことも、憤ることも、結局は僕の自己満足でしかないんだ……』

届かない声。無力感に打ちのめされた主人公。けれど、優しい気持ちに基づくそれらが全く相手に伝わっていないわけではないと、そう信じたくなるほんの微かな変化と、希望。それらが行間に読み取れるからこそ、読む側はもどかしさを感じずにはいられない。

読むことに没頭し完全に時間の感覚がなくなった頃、不意に、アラームをセットしていた携帯電話がテーブルの上で震えた。唐突に意識に割り込んできたその音にびくっと肩が揺れる。現実に引き戻され慌ててアラームを止めると、つと眉を顰《ひそ》めた。

（もうちょっと読みたかったな……）

よりにもよって、一番気分が塞《ふさ》ぐところで止まってしまった。ここから先が面白いのにと残念な気分で本を閉じる。

隣の椅子に置いた鞄を手に取ろうとしたところで、その先――椅子一つ分空けた隣の席に男が座ろうとしていることに気がついた。たった今来たのか、コーヒーの紙カップとノートパソコンをカウンターテーブルに置いている。ちらりと視界に入った姿に視線が引き寄せられ――その横顔に、驚きで鞄に入れ損ねた本が床に落ちた。

「……っ」

ばさりという音で我に返る。慌てて席を立とうとするが、それより早く男が身を屈めた。落ちた本を拾い、そのままわずかに動きを止める。

「す、みません」

千里の声に、男がはっとしたように身を起こす。差し出された本を受け取りながらその顔を見て、やっぱり、と心の中で呟《つぶや》いた。

なんの偶然か、男は先日劇団の稽古場で会った野上だった。高凪や稔と並んでも見劣りしないその容貌は、こんな場所だと余計に際立って見える。周囲の視線がちらちらとこちらに向けられているのが肌でわかった。

（びっくりした）

つい先ほど思い出したばかりだったせいか無駄に動揺してしまった。あまり差し向かいで話したい相手でもなく、気づかなかった振りで立ち去ろうと即座に決める。

「……――ありがとうございました」

「いえ、ああ……――やっぱり」

何かに思いあたったような気配に、ぎくりとする。

「チサト君だよね？　この間リバースの稽古場で会った」

「……っ！」

一度会っただけで、なおかつこの恰好でチサトだと指摘されたのは初めてだった。大学でリバースの話をしている同じクラスの女子達にすら、気づかれたことがないほどなのに。

そうだよねと確認するようにもう一度問われ、ごまかすことを忘れてしまう。

「あ……――」

さすがにこうなると無視するわけにもいかない。躊躇《ちゅうちょ》しつつ挨拶しようとすると、まるでタイミングを見計らったかのように野上が首を傾げた。

「あれ、無視？」

「……――」

言い難いことをはっきり言う性格なのか、ただの意地悪なのか。どちらにせよ知らない振りをしようとしたのを見抜かれたようで気まずく、いえ、と俯いて会釈を返した。

（いっそのこと、わざとらしくても人違いですって言っておけばよかったかな）

挨拶するタイミングを見失いそんなことを思っていると、それよりさ、と頭上から声が落ちてきた。

「それ、面白くないだろ。読むだけ無駄だよ。今回のは特に」

「……――っ」

初対面の時と同じ愛想のいい笑みで言い放たれたそれに、何を言われたかわからず茫然《ぼうぜん》とする。だがすぐに湧《わ》き上がった怒りに、気まずさも慣れない相手への気後れも忘れて野上を睨みつけていた。

「面白いか面白くないかは自分で決めます。それに、少なくとも俺はこれが好きです」

「……――ふうん？　随分安っぽい話が好きなんだな」

「小説、書かれてるんですよね？　なのに人が書いた作品をそんなふうに貶《おとし》めるあなたの言葉より、よほど重みはあります」

冷淡ともいえる瞳を真《ま》っ直《す》ぐに睨みつけ、負けじと言い返す。多分、視線が合っていたのは数秒のことだろう。ふい、と野上が視線を逸らした一瞬で緊張感を孕《はら》んだ空気が途切れ、勢いのまま鞄を摑んだ。

「失礼します」

挨拶だけ残して店を出ると、腹立たしさを紛らわすように大学に向かって全力で走る。やがて完全に店が見えなくなった頃、ようやく足を止め歩きながらあがった息を整えた。

「……なんなんだよ、あの人」

息が落ち着いてくると怒りもおさまり始め、襲ってきたのは後悔と落胆だった。

「ちょっと、言い過ぎたかな」

本人の第一印象はともかく、どんな作品を書いているのか聞くのをひそかに楽しみにしていたのだ。それに苦手な雰囲気ではあったが、高凪の友人なのだから悪い人ではないだろうとどこかで思っていたのに。

(感想だって人それぞれだし……面白くないっていうのも、まあ、自由だし)

そう思えば、かっとなった自分も失礼だったかと落ち込んでしまう。普段から言い返すことはしないが、怒らないわけではない。稔などからは変なところで無駄に頑固だと言われている。

胸の中にわだかまったものを吐き出すように、大きく溜息をつく。

そういえば、稔と昼食を食べている時に高凪からメールが届いていた。今日の稽古には顔を出すから、千里が読みたいと言っていた本を持って行くという内容だった。

「一応、高凪さんに謝っといて貰おう」

多分……――いや、間違いなく大笑いされるだろうけれど。

その光景が目に浮かぶようで別の意味で肩を落としながら、千里は学生の本分を全《まっと》うするべく通い慣れた道をとぼとぼと辿っていった。


「はははははは！　なんだ、それで野上に喧嘩《けんか》売ったから謝っといてくれって？」

予想通りの笑い声に脱力しつつ、千里は高凪を見上げて情けなく肩を落とした。

「笑わないでください。ちょっと、かっとなって……つい」

ひとしきり笑いうっすらと目に涙まで浮かべた高凪が「あー、笑った」と言いながら、千里の頭を軽く叩く。どうにも身長的に頭がちょうどいい位置にあるらしく、こうしてよく頭を撫でられてしまう。

「お前、普段が大人しい分言うときは容赦ねえよな。まあ、あいつにもちょっと色々事情があってな。初対面から印象は最悪かもしれんが、悪いやつじゃないんだ。許してやってくれ」

苦笑混じりの声で謝られ、慌てて首を横に振る。そもそも高凪が自分に謝る必要などどこにもない。

「俺も、言い返してしまいましたし……ご友人に失礼なこと言ってすみません」

高凪の顔を潰《つぶ》すようなことになっていなければいいのだが。そう眉を下げれば、大丈夫だよと子供を元気づけるような手つきで頰を指で摘《つま》まれる。

「にしても、あいつお前の地味な普段着でよくわかったな。俺にはそっちの方が驚きだ」

「別に変装してるわけじゃないですし。見分けられたのは、まあ、初めてですけど」

気にはしていないが、さすがに色んな人から地味だのなんだの言われればそれはそれで嬉しくない。頭を振って頰を摘んでいる指をほどき憮然とすれば、怒るなと逆に笑われてしまった。

「なんにせよ、あいつには言っておくから気にしなくていい」

「すみません、よろしくお願いします」

素直に頭を下げると、ああ、と高凪が笑って請け負ってくれた。

稽古後の事務室は、人気がなくがらんとしている。先ほどまでもう一人事務スタッフがいたのだが、これから夜の撮影が入っている劇団員を送り届けるために出ていった。事務スタッフは役者のマネージャー的雑務も兼任しているのだ。ここ一年ほどで露出の増えた稔も、専属のマネージャーが一人ついている。稽古後に予定がなければ一人で帰ったりもするが、稽古場から役者が出てくるのを待っているファンもいるため、そういう時はマネージャーが送ってくれたりもする。

千里の場合は、稽古後すぐに外に出るとファンに見つかる可能性が高く、また以前あとをつけられたことがあるため、しばらく居残りするのが常になっていた。一人だとどうにも要領が悪く撒《ま》けないため、稔と帰ったり駅までスタッフに送って貰ったりしている。

「そういやチサト。お前、樫谷さんから卒業したらどうするのか聞かれたって？」

「……――はい」

一年浪人しているため、千里は大学三年だ。あと一年半で卒業だが、その後のことを考え始めるには遅すぎるくらいで、樫谷からは早めに決めておけと言われた。

やりたいというだけでやっていける世界ではないことは身に染みている。今までやってこられただけでも、千里の場合は奇跡的だと思っていた。将来のことを考えるならば、多分すっぱり諦《あきら》めるべきなのだろう。

稔は、来年から役者に専念するらしい。大学卒業だけは、両親との約束なのだそうだ。そうやって自分で道を決められる友人の姿は、誇らしくもあり羨《うらや》ましくもあった。

『まだもう少し時間はある。迷うならいくらでも迷え。決めるのはお前だが、参考にしたいなら意見は言ってやる』

そう言って貰った言葉に甘え、いまだにぐずぐずと結論を出せずにいた。

「無責任を承知で言えば、俺は、お前も役者に向いてると思うがな。稔もそうだが、お前ら二人とも小難しいこと頭で考えなくても役に入れるだろう。台詞入れるのも早いし、あの鬼の稽古についていく根性もある。役者に絞っても、十分やっていけると思うが」

「高凪さん……」

「お前の場合は、ちっと欲が足りないのと要領が悪いのが欠点か。稔のやつは、あれで要領いいからな。仕事先で他の仕事拾ってくるぐらいの貪欲《どんよく》さとしたたかさが、お前にももう少しあればな」

「稔、頑張ってますし」

友人の才能を引き合いに出されても、素直に賞賛の言葉が出てくるだけだ。稔自身がどれだけ努力しているか知っているからこそ、結果がついてきているだけだと思える。

「そこで本気で嬉しそうに笑うからな、お前は。悔しいとかそういう、ライバル意識はないのか」

仕方がないといったふうに溜息を落とされ、すみません、と苦笑を返す。

「負けたくないとは思ってますよ。でも、それと稔が認められて嬉しいのとは別問題です」

「全く。お前、向上心も根性も人一倍あるくせにどうもそれがわかりにくいよな」

それで誤解されてる部分もあるんだから、少し気をつけろ。そこだけふっと真面目な表情になった高凪に、はい、と姿勢を正す。

「お前が悪いわけじゃないが……っと、悪いな」

待っていたらしいメールが来たのか、高凪が一言断り携帯を見る。ちらりと千里の方を見ると、にやりと子供が悪戯《いたずら》を思いついたような笑みを向けてきた。本能的に嫌な予感がして、口元が引き攣《つ》った中途半端な愛想笑いを返す。

「お前、明日の夜暇か？　稽古は休みだし暇だろ。暇だな？」

「え、あの」

「予定は？」

「ない、です……」

「よし。じゃあ優しい先輩様が夕飯を奢《おご》ってやる。夜七時に待ち合わせだ。来なかったら次の稽古でペナルティな」

「……——え」

メールを打ちながらさくさくと予定を決められ茫然とする。いやあの、と言葉を挟もうとしたところで、送信ボタンを押した高凪が顔を上げた。なにやら達成感すら滲んだ笑顔で、結論だけを教えられる。

「野上も来る。折角だ、あいつに謝らせてやる」


真っ暗な夜空を、様々な色の光が華やかに彩っている。

昼間とは違う人工的な明るさは、どこか薄っぺらく閉塞《へいそく》的で、けれど不思議に一人じゃないという安心感を与えてくれる。

都会の空は星の光が見えないと、地方から出てきた大学の同級生が言っていた。住宅と山と田圃《たんぼ》が一緒に視界に入る場所で育ったという同級生は、天体観測が趣味らしく、地元では空を見上げただけでも星が堪能《たんのう》できたのにとぼやいていた。

それでも千里は、街のにぎやかな光が好きだった。慣れていないせいもあると思うが、多分それだけ圧倒的な星を見たら、感動とともに恐怖を覚えそうな気がした。たった一人で家にいた時の恐怖——そして孤独感。それらを眼前に突きつけられそうな、そんな気がするのだ。

そんなことを思いながら、千里は見るともなしに視界に入る人々を眺めていた。

誰かを待っていたりする時に人の動きを観察するのは、役者になる前からの癖だ。子供の頃から自分以外の人がどんな仕草をしているかを見るのが面白くて、役者になってからは、さらにどうすればそれが役に生かせるようになるかも考えるようになった。

人待ち顔で立つ女の子。携帯をいじる青年。無表情で信号を待つ男性。空々しいほどの笑顔で道行く人に声をかけるキャッチセールス。

立ち姿、表情、指先の動き。それら全てにそれぞれの癖があり、全体的な雰囲気を作り上げている。

「チサト君？」

横合いから声をかけられ、はっと振り返る。繁華街まで徒歩数分という場所にある駅の出口にいた千里の横に、いつの間にか男が立っていた。野上に間違いなく、千里は気まずいまま視線を落として挨拶をする。

「こんばんは」

嫌なことは先にすませてしまうに限る。そのまま切り出し難くなる前にと続けた。

「あの……──先日は、すみませんでした」

いきなり千里が謝ったせいか「あ、いや」と若干狼狽《うろた》えたような気配がする。顔を上げると、これまでになく気まずそうな顔をしている野上の姿があった。

「こっちこそ申し訳なかった」

思いがけず頭を下げられ、いえ、と戸惑いながら手を振る。

正直、これまでと全く違う態度にどう反応していいかがわからなかった。高凪が何か言ってくれたのかもしれないけれど、だからといって年上の人にこんなふうに頭を下げられると逆に申し訳ない気分になってしまう。

「お、俺も失礼なこと言いましたし。だから、もう」

これで終わりにしませんか。曖昧にそう伝えれば、顔を上げた野上が優しげな表情で微笑《ほほえ》んだ。愛想笑いとはあきらかに温度の違うそれに、どきりとする。

「じゃあ、とりあえず仕切り直しってことで。よろしくね」

「……よろしくお願い、します」

おどおどと返事をすれば、苦笑混じりの声が頭上から落ちてくる。

「俺、そんなに怖いかな。だいぶ腰がひけてるけど」

「……――っ、いえ、あの。すみません、そうじゃなくて」

単純に、慣れていない相手にどう接していいのかわからないだけだ。基本的に人付き合いが苦手で、劇団でも普通に話せるのは一部の相手だけだった。演技中は一切気にならないのだが、プライベートでは何を言えばいいのかと迷ってしまう。逆に、怒りや嬉しさなどが一定のラインを超えると、感情のまま勢いで話すため言葉も出てくるのだが。

くすくすくす。記憶の中で、遠くから聞こえてくる小さな笑い声。

何かを喋《しゃべ》ったあとに耳に入ってきたそれが、棘《とげ》のように心に刺さっていた。喋らない方がいいと、好きだった人に言われたこともある。あれ以来、大丈夫だと思える相手以外の前で上手《うま》く喋れなくなってしまった。

「……喋るの、苦手なだけで……――すみません」

「そう？　この間、怒らせちゃった時は普通に話してたよね。高凪にも……っと、そういえば、あいつ撮影が長引いて来られないらしいよ」

「……――え⁉」

あまりにもさらりと告げられたそれに、一瞬『遅れて来るらしい』と言ったのかと思ってしまった。頷きかけ、だが何かがおかしかったと気づき声を上げた。

「君、携帯は？　繋がらなかったって言ってたけど」

「持ってま……——ああ、電源！」

鞄から取り出した携帯電話の画面は真っ黒だった。そういえば、今日の講義でビデオを観た時に電源を切ったのだ。そのまますっかり忘れてしまっていた。

慌てふためいて電源を入れると、留守番電話のマークが表示された。多分これだろう。

「それじゃあ何回かけても繋がらないはずだ」

くすくすと楽しげに笑われ、いたたまれなさに身を縮める。だがすぐにあることに思い至り、あ、と顔を上げた。高凪が来られない以上、野上がこの場に来た理由は一つしかない。

「……わざわざそれを伝えるために来てくださったんですか？」

返ってきたのは、笑顔と無言の肯定。

「……——お手数をおかけしてすみません」

「近くに用があって待ち合わせをここにしたんだから気にしなくていいよ。それより折角出てきたんだし、予定通りご飯食べに行く？」

「……いえ、あの」

思いがけない提案に、慌てて首を横に振る。全く知らない相手ではないが、気まずいことは確かだ。それに千里はともかく野上は、年下の、しかもどう贔屓目《ひいきめ》に見ても気に入っていなさそうな相手と食事をしても楽しくないだろう。

「無理強《むりじ》いはしないけど、来ただけで帰るっていうのもね」

「いえ、でも俺は……」

「もうちょっと、君と話してみたいなって思ったんだけど。駄目かな？」

モデルばりの端整な顔に優しげな笑みでそんな台詞を向けられると、同性なのに妙にどぎまぎしてしまう。どんな顔をしていいかわからず、野上からさりげなく視線を逸らした。

（あ、そうだ。小説）

野上が何を書いているのか聞いていなかったことを思い出す。散々迷った上、気まずさよりも好奇心の方が勝り野上の提案に頷いた。

「……――じゃあ」

「よし決まり。店は、今日行く予定だったところでいいかな」

「お任せします」

そのまま連れだって、昼間とは違う賑《にぎ》やかさで彩られた街中を通り抜ける。

店先から零れ落ちる光。流れていく車のヘッドライト。けばけばしいほどのネオンサイン。それらが笑いながらすれ違う人達を照らし、この場所を華やかにも陳腐にも見せていた。

そんな中でも、野上の印象は変わらない。姿勢はいいが肩肘《かたひじ》は張っておらず悠然とした雰囲気で街の風景に溶け込んでいる。けれどやはり、人目を惹《ひ》くような何かがあるのだろう。

本人は全く気に留めていないようだが、近くを通る人々の視線がちらちらとこちらに向けられていた。

（かっこいいもんなあ。それに、見られ慣れてるのかな。全然気にしてないし）

ビルの谷間にある脇道を折れ、表通りの華々しさから少しだけ落ち着いた空気が流れる場所をさらに奥へと進んでいく。十分ほど歩いただろうか。小さなビルの上階にある店へと入った。

建物自体はやや古ぼけた印象があるこぢんまりとしたものだったが、内装はあまり古さを感じさせない。入口の扉も木製の格子戸で、全体的に和風な造りとなっている。入口からもう少し狭い店を予想していたのだが、思ったよりも中は広々としていた。

入ってすぐの場所にあるカウンター席と、奥に続く通路。その向こう側から店員がやってきて、野上が何かを告げる。元々予約を入れていたのだろうとぼんやり思った。

通されたのはテーブル席だったが、各テーブルの間が壁や格子で仕切られ個室のようになっている。横幅にゆとりがあるせいか窮屈な感じはしない。多分、席数を少なくしてスペースを確保しているのだろう。

注文を終え飲み物が運ばれてきたところで、野上がそういえばと呟いた。

「チサト君のそれは、芸名？」

「あ、はい。本名は、千の里で千里《せんり》っていいます」

「ああ、読み方を変えただけなんだ。高凪に聞いたけど、君、プロフィール非公開なんだって？　周りにはばれてないの？」

「……ばれたことはないです」

というより、稔のようにテレビに出ていればともかく、ほとんど露出のない千里のような舞台役者は知られていることの方が稀《まれ》だ。だからさほど必死に隠さずとも、役者をやっていることと自体を言わなければばれないと思っている。

「へえ、そうなんだ。あ、もしかしてこの間のあれは変装？　学校でばれないように、わざと──あんな恰好してるとか」

一瞬できた間に『地味』とか『ださい』という言葉が聞こえてきそうで、思わず苦笑してしまう。言われても別段傷つきはしないが、初対面でのことがあるからか気を遣ってくれたのだろう。チサトとして会った時にすら地味だと言われたのだ。稔に散々けなされているあの姿なら、余計そう思われても仕方がない。

「別に、変装じゃなくて……──普段はいつもあんな感じです」

「え、そうなの⁉　っと、ごめん」

驚愕《きょうがく》し、だがすぐに気まずげな顔で謝って口を閉ざした野上に、つい拳で口元を塞いでいた。素の表情だとわかるそれに吹き出しそうになってしまったのだ。

「っ……大丈夫ですから、そんな顔しないでください」

笑いをこらえながら言うと、目を瞠《みは》った野上がどこか照れたようにも見える様子でごめんと苦笑する。笑ったせいか、慣れない相手に対する緊張感がやわらいだような気がして、強《こわ》張《ば》っていた肩から少しだけ力が抜けた。

「今はコンタクト？」

「いえ。少し乱視が入ってるだけなので、眼鏡はなくても困らないんです。字が見づらいから、学校にはしていきますけど」

会話に割り込むように、店員が皿を運んでくる。京野菜を使った和食を中心とした料理は美味《おい》しそうで、また盛りつけの繊細さについ感嘆の声が零れてしまう。

昼食はともかく、夕飯などはありものなどですませることが多いため、こういった店に来る機会は滅多になかった。高凪などはよく劇団の若手達を食事に連れて行っているが、劇団内部ではほとんど個人的付き合いをしていないため、千里はそういった場に顔を出すことがない。代わりに、稔と二人だけで誘って貰うことはたまにあったが。

テーブルの上に並べられたのは、根菜のサラダや刺身の造り、焼物、そして豆腐田楽などだった。どちらかといえば洋食よりも和食の方が好きで、目の前に並ぶそれらに緊張で忘れていた空腹感を思い出す。

「じゃあ、あとは食べながらにしようか」

「……いただきます」

手を合わせ、ぺこりと頭を下げて箸《はし》を手に取る。

「高凪さんも、普段の恰好でよく気がつかれたなって驚いてました」

綺麗な箸使いで料理を食べていた野上が、千里の声に手を止める。

「顔を見るより先に声を聞いたからね。それに、最初に会った時も本落としただろう？　あの時と、持ってたのが一緒だった」

「……——あ」

そんなところでばれるとは思わなかった。

「本、好きなんだ」

「はい。昔から図書館とか大好きで。高凪さんも、よく貸してくれます」

「ふうん……」

そう言った野上が、ふと言葉を切る。

「あの本、読み終わった？」

躊躇《ためら》いがちな気配を感じたのは、先日の一件があるからだろう。千里が読んでいた本を面白くないと言い切った一幕。だが、今の野上の声からはあの時のような剣呑《けんのん》さや冷たさは窺《うかが》えず、素直に頷いた。

「買った日に一気に読んでしまいました。今、何回目かで読み返してるところです」

「え？」

驚いたように目を見開いた野上に、小さく笑ってみせる。嫌みのようになってしまうかもしれないと思いつつ、できるだけ他意のない口調で続けた。

「俺は、すごく好きだったので。あの本」

「どこが？」

「え？」

「いや、どこがそんなに好きなのかなって」

素朴な疑問だよ、というそれに少し考えて答える。

「話とか、登場人物とか文章とか……色々ですけど。でもそうですね。どの話も、人の関わり方が好きです。あと優しいのと同じくらい、厳しいところが」

「……厳しい？」

「どの登場人物にもそれぞれ救いがあって、話が終わってもちゃんとその先があるってわかるんです。摑もうと思えば摑めるだろう光も用意されてる。けど……どんなに辛くても、どん底にいても生きていかないといけない。そんな終わり方をするのが好きで……って、なんか偉そうですね。すみません。俺が勝手にそう思ってるだけなんですけど」

つい語ってしまった内容に恥ずかしくなり、ごまかすようにはにかむ。と、苦笑した野上が、俺ももう一回読んでみるかなと呟いた。

「ぜひ！　って、あれ？」

嬉しさから身を乗り出すようにして答え、だがすぐにあることに気づいて首を傾げる。もう一回、と言った野上の言葉から思い出した、一言。

『それ面白くないだろ。今回のは特に。読むだけ無駄だよ』

今回のは特に、と。野上は確かにそう言った気がする。

(でもじゃあ……)

「もしかして朝倉先生の本、全部読まれてるんですか？　あれ、でもじゃあ嫌いってわけじゃない……」

「ん、なんのこと？」

「……——っ⁉」

ひょいと、取ろうとしていた料理の皿をテーブルの上からどけられる。行き場をなくした箸を持ちながら、子供のようなことをする野上に唖然としてしまう。

「……わかりました、聞きませんから」

返してくださいと溜息を落とすのに、野上が笑って肩を竦めた。

「あっさりしてるなあ。もうちょっと食い下がってくれてもいいけど……でも真面目な話、俺には羨ましいかな。そこまでのめりこめる話があるっていうのは」

「野上さん？」

ちらりと、からかうそれを苦笑に変える。わずかに遠くを見るような視線に困惑していると、なんてね、と再びおどけるように表情を一変させた。

「さて、からかうのはこれくらいにしておかないとまた高凪にどやされるな。かわいい後輩を苛《いじ》めるなって」

「そんなことは……そういえば、お二人はいつからのお友達なんですか？」

「高校……いや、中学かな」

「長いんですね」

「腐れ縁だよ。ああ、あと佐和《さわ》って知ってるかな。少し前まで、リバースにいたやつだけど」

三年前の定期公演後、演技をさらに磨くためにと渡米した青年の顔を思い出し頷く。線の細い、日本人離れした美貌の持ち主だ。今では海外の映画にも出演し、実力は折紙つきだと聞いたことがある。千里の入団とほぼ入れ違いだったため、直接話したことはないが。

「お話ししたことはありませんが。佐和さんともお知り合いですか？」

「あっちは、高凪の幼馴染《おさなな じ》みだったんだ。うちの弟があいつに懐いててね」

「弟さん、いらっしゃるんですか」

「歳《とし》は離れてるけど……君と同じくらいか。なんとなく、昔のあいつと雰囲気が似てる」

兄弟仲はいいらしく弟を可愛《かわい》がっているのだろう。目を細めた顔は優しげで、見ただけでそれがわかる。

「あ」

「ん？」

聞いてもいいだろうか。わずかに逡巡《しゅんじゅん》し、今ならば聞けるかもしれないと思いきって口を開いた。

「よかったら、でいいんですけど。小説書かれている時のお名前教えて頂けませんか？　野上さんの小説、読んでみたくて」

言うだけ言ってみようと思ったそれに、野上がつと眉を顰めて箸を止める。何かを言いかけ、だがすぐに止《や》めたその様子を見て、言いたくないのかもしれないと悟った。

「……す、みません。図々《ずうずう》しくて……無理ならいいです」

「あー……いや、ねえ」

ふ、と野上の視線が宙を泳ぐ。言おうかどうしようかと迷っている、また困ったようにも見える顔で「そうだな」と呟いた。やがて何かを思いついたように、口元を笑みの形にしてこちらを向く。

それが、先日の高凪の表情と重なり自然と腰が引ける。悪戯を仕掛ける子供のように見えてしまうのは気のせいだろうか。

「教えてもいいけど、ちゃんと読んでくれるかな」

「あ、はい！　それはもちろん！」

教えて貰えないだろうと思っていただけに、驚きつつも何度も頷く。読みたくて聞くのだから当然だ。嬉しくなり思わず頬を緩ませて野上の言葉を待った。

「なんか、嬉しそうな顔だなあ。君、変わってるって言われない？」

「そうですか？　そんなことないですよ」

普通は、この間の今で読もうと思わないと思うんだけどねえ。そんなことを言いながら、まあいいかと苦笑した。

「鷹木《たかぎ》稜《りょう》——鳥の鷹に木、山の稜線の稜で一文字」

「ありがとうございます。探してみます」

名前を繰り返して覚え、高揚に笑みを零しつつ礼を言う。明日にでも、早速書店で探してみよう。うきうきと再び箸をすすめた千里に、野上がふっと意地悪げに口端を上げた。

「どんな話か、聞かなくていいの？」

そして、つい先ほど感じた腰が引けるような——嫌な予感が気のせいでなかったと思い知ったのは、数分後のことだった。


夏の定期公演後にある新人公演が目前になると、今度は冬の定期公演の稽古が始まる。新人公演と両方出演する団員はあとで合流することになるが、メインキャストは基本的に新人公演から外されるのが常だった。

台本はすでにほぼできあがっているらしく、つい先日配役が発表された。あとは稽古しながら細部を調整していくそうだ。台本の変更はいつものことで、話がまるごと変わるようなことはさすがにないが、台詞や設定が直前まで変えられることはよくあった。文字で読むのと、実際に演じてみるのとでは、空気感や印象が違ってしまうことがあるからだ。

今回の公演は稔が主演をつとめることになっており、配役発表時から注目を集めている。看板役者である高凪は、ドラマや映画の撮影が詰まっているため、次回の出演は早くても来年の冬になるらしい。

そして今回、千里も準主役と言える役を与えられた。その上、まだ調整中の部分があり、大幅な変更がかかる可能性があると言われている。

発表時、改めて団員達に野上が紹介された。驚いたことに学生時代から幾度か舞台の台本を書いた経験があるそうで、劇団の作家がサポートしつつ、台本そのものを野上が書いたらしい。

どうして今回に限って外部の人間が書くことになったのか。それについては全員が首を傾げていたが、劇団作家に映画脚本などの仕事が増え始めたこともあり、今後、不定期にこういった試みを始めるのだという。色々なタイプの話を採用することにより、演目の幅をひろげるという意図もあるそうだ。

「よーし、じゃあ今日はここまで。次の稽古は明後日《あさって》だ」

「お疲れっしたー！」

周囲の会話をぼんやりと聞きながら、反射のように口が「お疲れ様でした」と言葉を紡いだ。『こうしなければ』と思う前に、身についた習慣で身体が反応して喋っている。稽古や公演後の挨拶の類《たぐい》は、大体がそんな感じだった。

目の前に一枚ガラスがあるような、テレビの中の映像を見ているような気分で稽古場から出て行く人々を見送る。音が遠く、現実感の薄い世界。

ぼんやりと立ったまま首を巡らせれば見慣れた稔の姿がある。演出家であり舞台監督でもある男性——樫谷と二人で、台本を手に顔をつきあわせていた。その横には高凪が立っており、何事かを提案するように口を挟んでいる。

（もう少し、練習したいな）

稽古場の壁は、練習中の姿を見られるように一面だけ全体が鏡になっている。その前でふっとある台詞を思い出す。

『それは無理だ。この手には何も摑めない……残らない。たとえ、俺がどんなに彼女のことを想っていたとしても』

未来を諦《あきら》めてしまえば、それなりの平穏は手に入る。何も望まなければ失うこともない。泣くことも怒ることも傷つくこともない安寧の心地好《よ》さ。空虚さにさえ目を瞑《つぶ》ってしまえばそれでよかった。

ぎゅっと掌を握る。大切なものは、いつもこの手からすり抜けていってしまう。取り残されてしまう。

「……い、て……ないで……」

ぽつり、と口から零れ落ちた言葉。微かなそれに自分自身が驚いてしまい、はっと我に返った。慌てて背後を振り返れば、稔達はまだ――恐らく演出上の話だろう――そちらに集中していた。

（よかった……――聞かれなかった）

ほっと胸を撫《な》で下ろすと、顔を上げた高凪と視線が合う。鏡の前でつっ立っている千里の方へと近づいてきた。

「今日も居残りするか？　気になるところがあるなら付き合うぞ」

「はい、ありがとうございます」

「なんだ、今日はえらく復活が早かったな。まだ戻ってきてないのかと思ったら」

千里の反応がはっきりとしていたせいだろう。高凪が驚いたように目を丸くする。

「復活って」

「普段ならまだ、ぼけーっとしたまま頷いて練習に入ってるところだぞ。で、やるか？」

「お願いします」

台本を開き、練習で気になった箇所をあげていく。高凪にアドバイスを貰い、試しにと幾つかのパターンで台詞を言ってみる。

「あー、確かに。お前の言う通り、そこは抑え気味の方が逆に感情がわかりやすいな」

「かな、と思ったんですけど。どうすればいいかがはっきりしなくて。そっか、溜《た》めの作り方か……」

高凪に言われた通り、声の出し方と溜めの作り方を少し変えると、自分がこうじゃないかと思ったイメージに近づいた気がした。

「稔の話が終わったら、樫谷さんに言ってみろ。多分オッケー出るから。そういや、この間は悪かったな。結局ドタキャンになって」

「いえ、俺の方こそすみませんでした。携帯の電源切りっぱなしにしてて」

先日野上と食事に行ったことは、あのあと、高凪が撮影を終えて連絡してきた際に話していた。昼過ぎには終わるはずだった撮影が、共演者の遅刻から始まり、リテイクが続いて夜まで延びたらしい。空いているのがあの日しかなく、スケジュールを変更することもできなかったため、途中で一旦《いったん》別の仕事で抜け夜に再び撮影に戻ったのだという。

「で、野上の本、読んだのか？　どうだった」

面白そうに笑いながら、高凪が言う。それに口元を引き攣らせ、ぴきりと固まった。

「読み、ました……――けど」

声が尻すぼみになっていく上に、自然と頬が熱くなりたまらず俯く。まさか高凪から聞かれるとは思わなかった。

（読んだ、けど……、あれは）

教えられた本を買うのに二日費やし、読み始めるのに二日費やした。それからは一気に読んでしまったが、手を出すまでにはかなりの度胸が必要だった。

「面白かったか？」

「……――はい」

居たたまれなさに俯いたまま小さく頷く。そんな千里に、高凪が楽しげにぽんぽんと頭を叩いてきた。

野上が告げた著者名の本。それは、いわゆる――官能小説という部類の本だった。

もちろん、これまで全くそういったものに縁がなかったとは言わない。高校の頃などは、興味半分でアイドルのグラビアなどを見てそういった話をするクラスメイトなどもいた。

が、自分で買って読んだことは当然ながら、ない。

今は、部屋の本を並べているラックの一番奥に隠している。独り暮しで隠す必要はないのだが、何かの拍子に誰かに見られたらと思うと落ち着かなかったのだ。

内容は、新人秘書の女性が社長に様々な場所で身体を弄《もてあそ》ばれるというものだった。初めて読んだが、さすがにそういったシーンが多かったものの、合間に細かに書き込まれた心情の変化などには引き込まれた。気がつけばいつの間にか読み終わっており、最終的に面白かったとは思えた。

（なんとなく、文章も好きだったし）

読みやすかったというのもあるが、ところどころに使われている表現や言葉が、すとんと心の中に落ちてくるような気がしたのだ。

といっても、やはり人から改めて聞かれると羞恥《しゅうち》の方が強い。堂々と、読みました面白かったですとは言い難かった。男同士なのだから、普通に笑って言えばすむ話だとはわかっているけれど。

「あいつも、お前には言い難かっただろうからな」

「そ、ですか？」

完全にこちらをからかっていたのだろう。むしろ初対面の時の態度が嘘のように、至極楽しそうだったが。そう思った時、不意に高凪越しに樫谷の声が聞こえてきた。

「チサト、ちょっとこい。稔と合わせてみてくれ」

「はい！」

手招かれ、高凪とともに樫谷と稔の方へと向かう。隣を歩く高凪が、そうだと笑った。

「今度会ったら、感想言ってやれ。喜ぶはずだ」

「……――う、はい」

さっきの忘れるなよ、と先ほど練習した演技のことを指して背中を叩いてくる高凪に一礼し、樫谷の方へ駆け寄る。台本を手にここからここまで通すからと指示され、位置取りをし、すっと息を大きく吸い込んだ。

芝居以外のことを全て頭の中から追い出し、目を閉じる。

始め、という声が耳に届いた瞬間、ちらりと脳裏に野上の顔が過《よ》ぎる。すぐに消えたそれを探すように目を開いた。

視界に溢れた真っ白な光。投げかけられた、最初の台詞。

意識がそちらに向かうと同時に野上のことは頭から消え、千里はそのまま役の中へと没頭していった。

十日ほどが経ち、劇団『リバース』の新人公演が始まった。

入団二年目の女性団員と三年目の男性団員が見事に主演をつとめあげ、初日からの評判も上々だった。

そしてあと数回で千秋楽《せんしゅうらく》を迎えるというこの日、上演後に団員の有志が稽古場に居残っていた。

「……――っ、うん、似合……う、よ。みんな……っ」

必死に笑うのをこらえた声で、団員の中でも古株の女性――名波《ななみ》が目に涙を滲ませながら言う。小柄でふわふわとした外見の一方迫力のある演技に定評があり、定期公演時は大体出ているメンバーの一人でもある。公開プロフィールが本物なら高凪と同い年のはずなのだが、見た目そこまで離れているとはとても思えない女性だ。

「名波さーん、笑いすぎ。ていうかこれ、チサトだけでいいんじゃね？　俺達どう見ても余分っすよ」

「駄目よう。チサトが似合うのは当然だもん。面白くないじゃない」

稔と同期である青年――楠木《くすき》がうんざりした表情で告げるのに、笑いを収めて涙を拭《ぬぐ》った名波が可愛らしく言い切る。自信満々に言うことだろうかと思いつつ、似合うと断言されてしまった千里は複雑な笑いを零すしかない。

「じゃあ、俺はやらなくても……」

「チサトは別腹、鑑賞用」

語尾にハートマークでもついていそうな声に、二の句が継げなくなる。基本的に実力の世界であるため年齢による上下関係については厳しくないが、それでも実力もあって年齢も上で尊敬している先輩団員に刃向かう度胸は、少なくとも千里にはなかった。

千里を含めた若手の男性団員八人が揃って着ているのは、女子高生が着るようなセーラー服だった。紺色の上着と赤いスカーフ、同色の膝より短いスカート。靴下はさすがに女物では合うものが少なかったため各自準備したソックス、もしくは素足。

長身の、それなりにがたいもある男達がそんな服装で並び立っているさまは、はっきり言って——あまり笑えない光景となっていた。

今日の公演も無事に終わり、舞台装置や小道具のチェックをするため残ったスタッフ達以外は、ひとまず稽古場へと引き上げてきた。

そしてミーティングを終えて解散となったあと、有志でこれから行われる高凪の誕生祝いの準備をしていたのだ。当の高凪は、公演を観に来た野上とともに樫谷のところにいるはずだ。樫谷も計画は知っているため、稽古場に高凪を連れてきてくれる手筈《てはず》になっていた。

稽古や公演時に誕生日がくる団員がいる場合、余裕があればちょっとした誕生祝いをするのが恒例だった。

「鑑賞用なら……俺じゃなくて名波さんがやった方がいいと思いますけど」

「ふふ、ありがとう。チサトはやっぱりいい子ねー」

よしよしと、ふんわりとした栗色の髪のウィッグをつけたチサトの頭を、頭一つ分は小さい名波が撫でてくる。

「……すげえ見え見えのおべっか」

ぼそり、と誰かが呟いた声に、ぴたりと名波の手が止まる。あ、と思った時には遅く、小動物のようなふんわりした女性の笑顔が冷たいものに変わった。表情自体は変わっていないのに、気配だけでこれだけ印象が変わるのはさすがだと、つい余計なところで感心してしまう。

「今、余計なこと言ったのは……だあれ？」

「ひっ」

振り返った名波の頭頂部と、正面辺りに立つ団員達の青くなった顔を見比べる。平然としているのは稔や楠木といった名波と付き合いの長い団員ばかりだ。馬鹿だなあと顔に書いた状態で、手は止めずに黙々と準備を進めていた。

今の言葉は明らかに千里に向けられたものだ。といっても、本人も名波がいる前で聞こえるように言ったつもりはなかったのだろう。タイミング悪く会話の切れ目となり周囲が一瞬だけ静かになって、予想以上に声が通ってしまったのだ。

稔と仲がいいせいか、古株の団員達も比較的親しくしてくれている。それが特別扱いされているように見えるらしく、やっかみ半分で媚《こ》びて役を貰っていると陰口を言われることはよくあった。といっても実際には、それで優遇されているようなことは全くないのだが。

だが一方で、名波のように自分のことではないのに怒ってくれる人がいることも事実で、だからこそ誰よりも稽古して実力をつけるべきだと思っていた。

「まあまあ、名波さん落ち着いて。そろそろ打ち合わせ終わるんじゃないすか？　ケーキ持って行きましょうよ」

全く似合っていない制服を身につけた楠木が、壁の時計を指して名波を宥《なだ》める。千里より二歳ほど上のこの青年は、場の空気を読むのに長《た》けておりいつも険悪な雰囲気をさりげなく壊してくれるのだ。

「本当だ。今言った人は次の稽古で覚えてなさいね。今日中に自首したら許してあげる」

ふふ、と優しげな笑顔で物騒なことを言った名波が、千里の腕をとって促した。ちらりと見渡した中で口元を引き攣らせていたのは、二年ほど前に入った新生《にいお》という男性団員だ。子役でデビューし俳優としての芸歴も長いらしいが、リバースの舞台では未《いま》だ出演経験がない。一方、同じような年数でたいした経歴もない千里が出演しているのが面白くないらしく、時折皮肉を言ってくるのだ。

多分ああは言っていたが、名波も『誰か』については気がついているのだろう。

(早めに謝った方がいいと思うけど)

稔に目配せするが、同じように制服を身につけた稔は我関せずと肩を竦めた。さて行くかと楠木や他の団員とともにやる気のないかけ声をかけ合っている。

(俺から言っても、火に油を注ぐだけだし)

名波には、あとで嫌な気分にさせたことを謝るだけ謝っておこう。根が面倒見のいい名波のことだ、さほどの無茶はするまいと心の中で溜息をついた。

「はあーい。高凪君、お待たせー」

「おお、お疲れさん」

稽古場ホールの入口前で千里は足を止め、名波だけが先に入っていく。交わされる会話を聞いていると、高凪が名波に改めて野上を紹介しているようだった。

（……やっぱり来てる、よな）

今日野上が来ていた時点で嫌な予感がしたのだ。この姿を見られるのか。憂鬱《ゆううつ》な気分で溜息をつくと、追いついてきた稔が「どうした」と声をかけてくる。

「なんでもない。……──稔。似合わないね、それ」

「ったりまえだろうが」

ぱしんと後頭部を叩かれ、痛い、と叩かれた場所を庇う。他の団員達が少し離れた場所で待機しているのを確認して、声を潜めて笑った。

「あとで写真とっていい？　おばさんに頼まれてるから」

「誰が大人しく笑いの種を提供するか、アホ」

「えー……」

話を聞いた稔の母親から、ぜひ写真をと頼まれているのだ。おばさん楽しみにしてたよと唇を尖《とが》らせると、じろりと睨み下ろされる。向けられた相手をたじろがせるに十分な迫力をもったそれは、だが千里に対して全く効果はない。

「稔……って、何お前チサト相手にガンつけてんだよ。こえぇよ！」

稔の背後から近づいてきた楠木が、稽古場には届かない程度に潜めて声を上げる。千里を睨んだままの表情で楠木の方を向いた稔に、だからその顔やめろって、とこちらは思いきりたじろいでいた。

「楠木、さっきはありがと」

つい先ほど、更衣室で場を収めてくれたことに礼を言う。微笑んだ千里に、楠木が「いやいや」と満更でもなさそうに笑った。

「あとは、名波さんがそれとなーく注意してくれんだろ。今更だが気にすんな。ありゃ、大人しそうなチサトに自分より実力があるのを認めたくないだけだろ」

「ガキかよ」

「他のやつにはびびって言えねえ辺りが小物だよな」

鼻であしらう稔とそれに同意する楠木に、なんとも言えずに苦笑する。

「お前もへらへら聞き流してねえで、ちっとは自己防衛しろ」

「……痛っ」

ごつんと上から稔のげんこつが落ちてきて、容赦のないそれにじわりと涙が滲む。

「別にへらへらはしてないよ。……そりゃ、手間かけさせてるのはわかってるけど」

「お前のは言われても仕方ねえって思ってるのが見え見えなんだよ。この馬鹿」

凄《すご》みのある視線で睨まれ、だって、と尻すぼみになりながらも反論する。と、間に入った楠木が取りなすように声を割り込ませてきた。

「むしろチサトが鷹揚《おうよう》に聞き流してるから、たいした揉《も》めごとにならずにすんでるんだろ」

「楠木」

じろりと今度は楠木の方を睨んだ稔に、「俺を睨むな！」と叫びつつ千里の肩に腕を回してくる。

「前々から思ってたけど。お前、よくこれ前にしてのんびり反論できるな。あんなのより、こっちの方が怖くね？」

「え？」

稔を指差した楠木の言葉につられるように、稔の顔を見る。こちらを睨んでいるその表情は、千里のことを案じてのものだ。なんだかんだいいつつ付き合いがいいのも優しいのも知っているため、全く怖いとは思わなかった。

（確かに最初は、近づき難かったけど）

第一印象はただひたすら怖かった。精神的な強さはそのまま目の力に反映されており、圧倒されるばかりで正面から顔を見ることもできなかったのだ。

『お前、なんでそんな下ばっか見てんだよ』

そう言った稔が、隣家のよしみだと言いつつ強引に外へ連れ出してくれなかったら、千里は周囲を拒絶し続けほとんど家に引きこもってしまっていただろう。今でも時折連絡をとる高校時代の友人などからは、一時期の千里は近寄りがたかったと大学に入ってから言われたことがある。

（だから感謝してる。なんて言っても、照れ隠しに怒られるだけだろうな）

そして、もう一度楠木の方に視線を戻した。

「だって、これで凄まれても――面白いだけだろ？」

「……ぶふっ！　そりゃそうだ」

まあそれは楠木も同じなのだが、という続きは、ツボに入ったように笑い出した本人には言わないでおく。

視線をずらし廊下の先を見れば、パーティー用の荷物を運んでいる団員達の中に、先ほど千里に「おべっか」と言った新生の姿があった。こちらを見ていたらしく、目が合った途端忌々《いまいま》しげに睨まれすぐに視線を外す。

（嫌われてるなあ）

これればかりは仕方がないかと諦め気味に思う。誰からも好意的に接して貰えることなどありえないし、今は楠木達のように仲良くしてくれる人がいる。それで十分だ。

「よし、行くぞー」

ケーキを乗せたカートを押してきた団員に促され、千里を含めた制服姿の男達が先導するように稽古場へと向かう。部屋の中にいる野上の姿を想像し、千里は稔達のあとに続きながら、行きたくないなとひっそり溜息を落とした。


「……とんだ惨状だ」

千里達の姿を見た高凪の疲れたような第一声は、それだった。

隣に立った野上は、最初唖然としていたもののすぐに状況を察したらしい。顔を背け拳で口元を隠して笑っていた。

「ハッピーバースデー、高凪さん！　ささ、ろうそくの火を消してください。背の高いやつは一本五歳分ってことにしてます」

ケーキに立てられた、三十二歳分——計八本のろうそくを示しながら、運んできた団員が促す。千里達と同じく制服に身を包んだ男性団員を見て、高凪が「どうせやるなら、すね毛まで剃《そ》れよ」と笑った。

ろうそくの火を吹き消したところで、全員から祝いの歌と拍手が高凪へと向けられる。

「あー、毎年ありがとな。今年は何がくるかと思ったが、まさかこれとはなあ……ある意味壮観だ」

「高凪君、若い子大好きでしょう？　だからみんなにちょっと頑張って貰ったの」

ふふ、と笑うのは、この計画の発案者でもある名波だ。ちなみに制服は昔の公演で使ったものだった。よくサイズがあったなと思ったが、女性団員にも長身の人が多く、サイズ的には演技時の動きを妨げないよう少しゆとりをもって作られていたらしい。といっても、さすがに男性が着ると肩幅あたりはきつそうだったが。

「女の子なら大歓迎だったが、これはねえな」

「そう言うと思ったから、はい、一応鑑賞用も準備したのよ？」

背中を押され、高凪と、その隣に立つ野上の前に立たされる。中途半端な笑顔で会釈をすると、やけに同情的な視線を寄越されてしまう。

「お前も、相変わらず大変だな。嫌なら嫌って言えよ」

「あはは……まあ、今回はお祝いですから。おめでとうございます」

「さんきゅー。野上も、付き合わせて悪いな」

「いや？　なかなか楽しいね、ここ。おめでとう」

隣に立つ野上も、笑いを残したまま祝いの言葉を向けていた。

実のところ、以前いた劇団で女役をやっていたこともあり衣装自体に違和感はない。だがそれとは別の理由で、舞台以外でこうして女物の洋服を着ることにはかなり抵抗がある。

だからといって、折角の祝いに水を差すようなことはしたくなかったし、今回は稔達も一緒のためまだ我慢もできた。

「よかったら、簡単な食事もあるので摘んでいってください」

「ありがとう。それにしても……って、高凪！」

突如、野上がぎょっとしたように狼狽えた声を出す。スカートが引っ張られ太股あたりがすーすーするのを感じながら下を見れば、高凪の手に思いきりめくられていた。

「あー、やっぱ短パンだな」

「当たり前じゃないですか」

他に何を穿《は》いていると思ったのか。スカートをめくられたまま呆《あき》れたように返す。と、その様子を見ていた野上が茫然と目を見開いているのに気がついた。公演本番時など男性団員は適当な場所で着替えていることが多く、今更このくらい見られてもどうということはない。だが劇団員ならともかく会って間もない人の前でする恰好ではなかったと、慌てて高凪の手を払ってスカートを下ろした。

「す、……すみません」

さすがに恥ずかしいと思いつつ頭を下げると、予想に反し軽く吹き出す声が聞こえてくる。

「……っ、ごめ。あんまり反応が薄かったから、つい。そういうところは普通に男の子なんだ」

「……――それは、まあ」

なら一体どう思われていたのか。微妙な内容にがっくりと肩を落とせば、ことの元凶である高凪が遠慮なく笑いながら「いいじゃないか」と言葉だけは宥めるように声をかけてきた。

「その恰好で言っても説得力ないしな、チサト。うちじゃやってないが、こいつの女役は一見の価値があるぞ」

高凪は、昔千里が出演した舞台を観たことがあったらしい。入団前、稔に連れられて舞台を観に行った際に楽屋ですぐに言い当てられたのだ。

『やめたって聞いて、またどっかで観られりゃいいがと思ってたんだ』

舞台に立っていた時のことをそんなふうに言って貰えたのは初めてで、それもまたリバースに入団しようと決めた理由の一つだった。

「そうやってネタにするのやめてくれませんか」

だからと言って女役のことばかり喧伝されるのも微妙だ。今はもうやっていないのだからと溜息を落とすと、一方の野上がへえと興味深げな視線を向けてきた。

「女役もやるんだ?」

「……前にいたところで、何度か。今はやってませんよ。さすがに無理がありますし……まあ、色々」

「いや、いけるだろ。入団試験でもやったんだし」

真顔で言った高凪に顔を顰《しか》め、脇腹を肘でどつく。たいして力は入れていないのに、おおげさなほど「ぐおっ」と声を上げてその場にしゃがみ込んだ。

「あれは！　高凪さんがやれって言い出したんじゃないですか。あとから名波さんに聞いたら、ちゃんと別の試験内容が準備されてたって」

「そうだったか？　最近歳でな。そんな昔のことは忘れた」

そう。入団試験の時、幾つかの共通課題の中から好きなものでフリー演技を行うはずだったのが、高凪から課題にはない女役をと指定されたのだ。

『舞台経験あるんだから、新人と同じことやらせても面白くないだろ』

あまりに軽いノリのそれに監督兼演出家の樫谷が同意してしまい、千里が断る隙など微塵《みじん》もなかった。というよりこれから試験を受けようとする人間に、反論する余地などありはしない。

面白そうだから、と言った高凪にそれ以外の意図もあったのは明白だったが、聞いても本人は認めないだろう。

……――恐らく高凪は、千里が一番個性を発揮できる役柄をあえて選んでくれたのだ。

「相変わらずだなあ」

溜息混じりの声は野上のものだ。長い付き合いの中で、思い当たる節があるのかもしれない。実感のこもったそれに、もしかして昔からですかと聞いてみる。

「昔からだよ。こいつ、人に何かをやらせることに関しては天下一品だ」

「野上お前、裏切る気か」

「裏切るも何も、事実だろ。人に散々無茶振りしてきたのは、どこの誰だよ」

「本気でできないことは言ってないだろうが。って、まあそれはどうでもいい。いい加減あっち行かねえとあいつらに食いつくされるぞ。チサトも来い」

二人の背を叩いて促す高凪に、野上と顔を見合わせて小さく笑う。本当に無茶を言う人なら付き合いは続いていないだろう。それはよくわかっていた。

「お前ら、俺のカツサンドは残してるだろうな」

「すみませーん、これで最後でーす。いります？」

なかなか来ないから食わないかと思って。にこやかに言う楠木の手には、食べかけのカツサンドがある。稽古場の近くにあるとんかつ屋のそれは、ボリュームと味に定評があり、この劇団では一番人気の差し入れだった。今日は高凪のためにかなり多めに用意していたはずだったが、テーブルの上を見ると盛っていた皿はすでに空になっている。

「楠木！　てめえ、今度の稽古覚えてろよ。おい、それよこせ！」

「なんで俺だけ！　ていうか、え、ちょっと高凪さんマジですか。人の食いかけ取らないでくださいよ！」

「高凪さん……」

よほどショックだったのか、目をつり上げて楠木の方へ向かった高凪を呆れ気味に見る。

「あーあ。ああいう子供みたいなとこも、相変わらずだな」

苦笑した野上に、そういえばと改めて向き直る。

「あの、先日はありがとうございました」

腰を折ったのは、この間の食事の時、野上に奢って貰ってしまったからだ。学生に出させる趣味はないからと、千里が出す前にさっさと支払いを済ませてしまったのだ。

「いえいえ、どういたしまして。にしても、君が女役やってる舞台観てみたかったな」

「探せばメディアならあると思いますけど……そんな珍しいものじゃないですよ」

「そうなんだ。そっか……」

顎《あご》に指先を当てて何かを考えているふうの野上を見ていると、ふと、脳裏に先日読んだ小説のことが蘇《よみがえ》った。あの話に登場した、主人公の女性が惹かれた同僚の秘書の男が、どうにも野上とイメージが被《かぶ》ってしまったのだ。

長く節ばった、けれど形のよい指が、桃色に染まった柔肌を辿り胸の膨らみを……——。

「……——っ」

著者と作品は、全くの別物だ。それは理解しているが、一度思い出してしまうと気になって仕方がなかった。居心地悪く俯けば、ふいと野上の指が視界に入った。

「……っ！」

体温をもった指先が頬に当たる。俯いたまま反射的にびくりと肩を震わせると、驚いたように動きが止まった。躊躇う気配とともに、頬にかかったウィッグの髪を払って離れていく。

一瞬だけ肌に触れた熱さに心臓がどくりと音を立てる。先ほどまで思い出していた内容が内容だけに赤くなりそうで――そんな自分を見られたくなくて顔が上げられなかった。

「……――あ、りがとう、ございます」

たったあれだけのことで動揺した自分を叱咤《しった》しつつも、乱れていた髪を直してくれたのだと気づき慌てて礼を言う。

「いや。あー、そういえば俺の本読んだって高凪が言ってたけど……まさか、この間言ったあれ本当に読んだの？」

「え？　え、あ！　は、はい……――痛っ」

訝しげなそれに、挙動不審になりながら返事をしようとして舌を噛んでしまう。痛いと顔を顰め、焦るあまり後ろにさがろうとして何か布のようなものを踏む。バランスが崩れぐらりと身体が後ろに傾いだ。

「……――っ！」

「っと！」

倒れそうになったところを、腰に腕を回され支えられる。見た目よりも強い力で体勢を戻され、突如近づいた顔に咄嗟に息ができなくなってしまう。

「うわ、あ、すみ、すみません！」

「ああ、いや。危ないな、あっちから飛んできたのか」

身を屈めた野上が、千里の足下から料理の上にかけていたらしい布を拾い上げる。

「にしても、そんな動揺しなくても」

気まずそうに言う野上に、情けない気分で「だって」と視線を落とし子供のような呟きを落としてしまう。拗《す》ねているような口調になっているのは自覚していた。

「ああいうの読んだの、初めてだったので」

「……え、マジで？」

愕然としたような声。ちらりと見れば、表情も同様だった。

「……——マジです」

全く何も、知らないわけではないけれど。少しだけ嘘を交ぜたことに後ろめたさを覚えつつ、それはそれで本当だからと自分に言い聞かせた。あえて、言う必要もないことだ。

「いや、まあ。確かに読みそうにないから、正直、内容がわかれば手は出さないだろうなーと思ってたんだけど——その様子じゃ、本当に読んだんだ？」

苦笑気味に言われ、ついぽかんと見上げてしまう。まさか、そんなふうに思われていたとは思わなかった。

「そりゃ……読みますって言いましたし。読まないと、どんな話かもわかりませんし」

「律儀っていうか、馬鹿正直の部類だよ、それ」

「……――」

くくっと笑いながら言われた全く褒められていないであろう言葉に、別段気分を害したわけではないが、つい唇を尖らせてしまう。

「あんなのは興味がなかったら面白くもなんともないだろ」

「え、面白かったですよ」

苦笑した野上に、どうしてかと思って首を傾げる。だが、「は⁉」と再び驚愕したような声を出され逆に驚いてしまう。

「そりゃ、読み慣れてはいませんけど。でも読みやすかったですし、ちゃんとストーリーもあったから、普通の恋愛小説みたいな感じで読んでて切ないなあって。あ、あと。使われてた言葉とか表現が、凄く好きで」

印象に残りました。そう言って真っ直ぐに相手を見上げる。それに何かを言いかけた野上が、はああとわざとらしいほどの大きな溜息をついた。

「………?」

何か溜息をつかれるようなことを言ってしまっただろうか。きょとんとしつつ、この際だから聞いてしまえともう一つ質問を口にする。

「あと、同じところで他の本も探してみたんですけど見つからなくて。もしあったら、教えて貰えると……野上さん?」

「……──」

だが、ますます頭が痛いといったふうに眉間に深い皺を刻まれ、聞いてはまずかっただろうかとさすがに焦る。

「あの、駄目だったらいいです」

残念だけどと思いつつ苦笑して手を振ると、そうじゃなくて、と疲れたような声で呟かれた。

「ちょっと予想外というか──うん、まあいいや。負けた。今度、ちゃんと教えるから」

「はい！　ありがとうございます」

野上の複雑そうな笑みが気になったものの、嬉しさが勝り、よかったと安堵《あんど》しつつ笑う。

「なんか、高凪の気持ちがちょっと分かったなあ」

よしよしと言いそうな雰囲気で頭を撫でられ、目を丸くする。

「の、野上さん？」

「いやあ、君見てると弟思い出すっていうか。あー、でもこんなに可愛くはないか。子供の時ならこれも似合っただろうけど。今はだいぶでかいしな」

その言葉に、嬉しさと痛みが混じり合った複雑な気分になる。少しだけ近づけたようで嬉しくはあるけれど、この姿が似合うと言われると──それが面白がっているとわかるならまだいいのだが──記憶の底に押し込んだ嫌なことを思い出してしまう。

それでもそれは、悪気があってのものではない。似合っても嬉しくないですよ、と混ぜ返すように笑いながら睨んでみせた。

「チサト」

タイミングを見計らったように背後から声をかけられ振り向く。テーブルを囲む集団から何気なく離れてきた稔に、ほら、と皿を差し出された。

皿の上には、たった今なくなったと言っていたカツサンド。

「……稔、これ」

「残りは隠してるだけだ。まだあるに決まってるだろ。さっさと食わないと食いっぱぐれるぞ――そちらも、嫌いじゃなければどうぞ」

同じように野上の方へもカツサンドののった別の皿を差し出し、野上がありがとうと笑顔で受け取る。それを見て、いいのかなと苦笑しつつ千里も受け取った。

目の前では、高凪が大人げない様子で楠木から食べかけのカツサンドを奪っている。

まあ、いっか。

くすくすと笑いながら、皿の上のカツサンドを頬張る。柔らかなパンやキャベツの甘みと、肉厚なとんかつの塩気がちょうどいいバランスで混じり合う。温かいうちに食べても美味しいのだが、冷えても美味しい。幸せな気分で食べていると、横から「確かに、これは美味しいね」という野上の声が聞こえてきた。

「ですよね。これ、近所のとんかつ屋さんで作ってるんですけど、みんな大好きなんです」

「うん、前に高凪と佐和から聞いたことはある。食べたことはなかったけど」

「って、おい！　お前ら何食ってる！」

ようやく千里と野上が揃って食べていることに気がついた高凪が、こちらを指差して声をあげる。その姿に思わず笑ってしまいながら、野上と二人で顔を見合わせ、残ったかけらを同時に口の中に押しこんだ。


目の前に立ちはだかる小綺麗《こぎれい》なマンション。十階以上はありそうなそこを見上げつつ、千里はここかなと手元の地図を確認する。

（どうしてこんなことになったんだろう）

午後から今までの急展開を思い出し、ひっそりと溜息をついた。

『チサト、ちょうどよかった！　悪いが頼まれてくれ』

高凪からそう言われたのは、リバースの事務所に顔を出した時のことだった。年に一回所属契約の更新書類を提出することになっており、署名したものを出しに来たのだ。郵送でもよかったのだが、ついでにと大学で稔の分も預かったため直接訪れた。

そこにいたのは、顔をつきあわせて何事かを話している高凪と樫谷で。二人揃って千里の姿を見た瞬間、高凪が立ち上がったのだ。

『このあと時間あるなら、これを野上に届けてくれないか？　急ぎなんだが、俺も樫谷さんもこれから仕事でな。その辺のやつにあいつの家を教えるわけにもいかないし、お前なら大丈夫だから』

そう言って渡された紙袋の中身は、何かの資料や書類のようだった。ずしりとしたそれと住所と簡単な地図を渡され、頼んだと慌ただしく高凪が出て行った。

途方にくれたように樫谷を見た千里に返ってきたのは、よろしくなというあっさりとした笑顔のみだった。

「部屋は……ええと、八〇六、と」

マンションの入口で、部屋番号をもう一度確認する。ここで住人を呼びだして、入口の扉を開いて貰う造りなのだろう。壁に設置されたインターホンで、間違えないように番号を押していく。

野上に会うのは、二週間前の高凪の誕生日以来だ。流されるままに来たけれど、顔見知り程度の自分が来て本当に大丈夫だったのだろうか。そんな不安と緊張感にどきどきしつつ、最後に呼び出しボタンを押した。

「……あれ」

返事のないままチャイムが鳴り終わってしまう。まさか留守にしているのだろうか。眉を顰めつつ、どうしようかと躊躇う。

（何度も鳴らしたら迷惑だろうし……）

高凪か樫谷に連絡して聞いて貰おうか。そう思いつつ、ふと、一回じゃ気がつかないかもしれないと言われていたことを思い出した。

もう一回鳴らして駄目だったら、連絡して貰おう。そう思い決めて再び部屋番号を押す。

「……――はい」

やや不機嫌そうな声に、どきりとする。自分に言われているわけではないとわかっていても、心臓が縮むような気がした。

「羽村です。突然すみません、高凪さんから頼まれて届け物を……」

「ああ、はい。どうぞ」

ぼんやりとした声と同時に、目の前にあった自動ドアが開く。インターホンの音がぶつりと途切れたのは、通話を切ったせいだろう。閉まる前にと慌てて中に入り、エレベーターで八階へと向かった。

マンションの類は昔千里が住んでいた家族向けのところしか知らないが、ここはまるで別世界だった。共有部分は隅々まで手入れが行き届いており、経年劣化を除けばとても綺麗な状態で保たれている。

玄関前で再びインターホンを押すと、しばらくしてガチャリとドアが開いた。どうやら寝起きらしい。覗いた顔はいかにも眠そうで、思わず苦笑してしまう。

「こんにちは、野上さん。突然すみません。これ、高凪さんから預かった荷物です」

「……ん、ああ。はい」

千里の顔を見ているのか、いないのか。間延びした口調で紙袋を受け取ろうとしている野上に、まだ半分寝ているのではないかという危惧《きぐ》がちらりと過ぎる。割合重量のあるそれを落とすかもしれず、重いから運びますと声をかけた。すっと横に避《よ》けた野上にぺこりと会釈をし、玄関を入ってすぐの床に紙袋を置く。

じゃあこれで。そう口を開こうとすると、ん、と掌を差し出される。貸して、と言われ何をだろうと思いつつ何も持っていない掌を差し出せば、ぽんと小さな物を押し当てられた。

「え?」

「……ごくろうさま、ありがとう」

掌を見ると、そこには朱色のインクで『野上』と押されていた。茫然とし、やがて受取印を押されたのだと気づいてたまらず吹き出す。

「……っふ、あはは、あははは!　野上さん、これ……っ」

上半身を折って笑っていると、不思議そうな顔をした野上が首を傾げ、はっとしたように目を見開いた。

「あれ、チサト君？」

たった今千里の顔を認識した、といったその表情にどうにか笑いを抑え込む。やはり寝惚《ねぼ》けていたらしい。こんにちは、と口元を歪ませ笑いを残したまま礼をした。

「高凪さんから頼まれて、荷物を届けにきました。そこに置いてます。お休み中にすみませんでした。これで失礼しますから寝てください」

「あ、ああ。ありがとう。って、いやちょっと待って！」

失礼します、と挨拶し踵を返そうとした千里の腕を野上が慌てたように掴む。振り返ると何がどうなっているのかといった野上の表情があった。

「とりあえず、あがって。折角だからお礼にお茶でも飲んでいって」


本がいっぱいだ。

野上の部屋に初めて入った感想は、それだった。

リビングの真ん中に置かれたテーブルと、その周辺に積まれた本。フローリングの上に柔らかそうなラグを敷き、大きめのクッションが座布団代わりに置かれている。壁際には大きめのラックが設置され、そこにも本がぎっしりと並べられていた。

テーブルの上のノートパソコンや、その周辺に広げられたレポート用紙、印刷した紙。座っていたらしい場所にも大量の紙が広げられており、仕事中なのは一目瞭然《いちもくりょうぜん》だった。

「散らかしっぱなしでごめん。こっちに座って」

促され、ダイニングの方に置かれたテーブルに腰を下ろす。三ＬＤＫくらいだろうか。リビングと隣の部屋との間には木製の引き戸があり、今はきっちりと閉じられている。

「お忙しいところにすみません」

「大丈夫。休憩がてら仮眠取ってただけだし、さっき一回高凪に電話で起こされてたから」

そのまま二度寝しちゃってたからちょうどよかった。そう笑いながら、野上が台所に立ちお茶を入れてくれる。

あれから家の中へ通された千里は、とりあえずと洗面所に案内された。そのうち落ちるだろうし構わないと言ったが、俺が恥ずかしいからと言われ大人しく判子を押された手を洗ったのだ。

「使い走りみたいなことさせちゃって悪かったね」

「とんでもないです。特に用事もなかったので」

テーブルの上に二人分の湯呑みを置いた野上が、千里の向かい側に腰を下ろす。どうぞと手振りで勧められ、出されたお茶で喉《のど》を潤した。慣れ親しんだ甘くまろやかな煎茶《せんちゃ》の香りにほっとする。

「でね、ものは相談なんだけど。これから時間ある？」

にこりと笑みを向けられ、首を傾げる。今日はこれから帰って大学の課題をやろうと思っていたくらいだったから、時間はあるけれど。そう思いつつ頷いた。

「はい。あ、何か他にも用事がありますか？」

「ちょっと、読んで欲しいものがあるんだ。台本の一部を大幅に直したんだけど、それについて聞きたいことがあって。あと、実際舞台でやる感じで読んで貰えると嬉しい」

「それは大丈夫ですけど……俺でいいんですか？」

台詞を言うのはお安いご用だが、意見を求められてもたいして参考になるようなことは言えないはずだ。そう思い首を傾げたが、野上はやけに嬉しそうに大丈夫だよと席を立った。

すぐに戻ってきたその手には、印刷したらしい紙束が握られている。

「はい、これ。劇団の方に渡してる分は読んだ？」

「ひと通り読みました」

貰った台本は、おおよそ頭に入っている。最初は元との違いを追いつつだったが、読み進めるうちに夢中になって読んでいた。

大筋は変わっていないものの、話が一層盛り上がっており、胸に迫るような悲しみに説得力が増している。上演時間二時間は、長いようで短く、短いようで長い。話がいくらよくても、配分を間違えれば中だるみしてしまい途端につまらないものになってしまう。

前に貰ったものより、こちらの方が断然面白い。渡された最後のページを読み終えると、息苦しさを感じてふっと息を吐く。途中から、呼吸すら忘れそうになっていた。

「一人増えたんですね」

千里が演じる役に対して、妹役が新たにできている。あとから増やしたにしてはいやに話に馴染んでいるその登場人物は、もしかしたら最初から野上の中に存在していたのかもしれない。

千里の言葉に、野上が「そうなんだ」と頷く。

「元々作ったのはこっちの方が先でね。ただ、イメージ通りになりそうになくて没にしてたんだ。けど、ちょっと思いついたことがあったから樫谷さんと高凪に見せて相談したら、一つだけ条件をクリアしたらこっちにしようって話になって」

「条件？」

「うん。で、どうだった？　それ」

改めて聞かれ、読み終わったそれに視線を落とす。自分が言うのもおこがましいと思いつつ、率直な意見が聞きたいと促され躊躇いながらも口を開いた。

「すごく面白いと思います。俺は、こっちの方が好きです」

「そう？」

やや興奮したように身を乗り出してきた野上に、上半身を逸らしつつ頷いた。

「じゃあ。それ、やってくれないかな」

「あ、はい。どこから読めばいいですか？」

ぱらぱらと紙束をめくっていくと「全部」と答えが返ってくる。

「その役、君にやって欲しいんだ」

「……――え？」

思いもかけぬ言葉にぽかんと野上を見返す。頼むとテーブルの上に両手をつき頭を下げられ、はっと我に返った。

「ちょ……、野上さん！　やめてください！」

慌てて頭を上げさせると、どうしてと呟いた。まさか、今更再び女役をやってくれと言われるとは思わなかった。元々千里が以前の劇団で女役をやっていたのは、同年代の少女の役者がいなかったのと、ある意味古い体質だった劇団の雰囲気を変えていこうという運営側の意図があったからだ。成長しきっていなかった当時は、中性的な印象がより強かったからというのもある。

だが今いるリバースには女性団員も多く、成長した千里があえて女役をやる意味がない。

（それに……――）

実のところ当時のことでいい思い出はなく、正直に言えばやりたくはなかった。高凪の誕生日の時のように、みんなでやる悪ふざけのようなものであればまだいいのだが。

「どうして俺なんですか？　うちには普通に女の人がいますし、わざわざ俺がやらなくても……」

「その役、設定が双子なんだ。顔も中身もそっくりな兄妹っていうのが前提にあるから、やるなら双子か一人二役でって思って。だから最初、没にしたんだ」

リバースに双子の役者や、そこまで似ている男女はいない。元々性別が違えば双子でも顔立ちは違うものだろうが、そこで妥協はしたくなかったらしい。

「君が前にやった舞台のＤＶＤを観せて貰った。女の子の恰好をしてるのはこの間見たけど、正直、あれを観るまでは半信半疑だったんだ」

ＤＶＤは、恐らく高凪が持っていたのだろう。どれを観たかはわからないが、今よりもっと演技が拙《つたな》いのは間違いない。あの頃の自分のどこに、野上は動かされたというのか。

「不思議だね。こうやって普通に話してると男の子にしか見えないのに、俺は、画面の中で演技しているのが女の子にしか見えなかった。外見云々《うんぬん》だけじゃない。仕草や表情、雰囲気……そんなものまで、全部」

しみじみと言われ、嬉しいような、面映《おもは》ゆいような――けれど、痛みを伴う感情が胸に落ちる。複雑な気持ちを持て余しながら、テーブルの上に置いた紙束を黙って見つめた。

「終わった時、鳥肌が立ったよ。現実的に考えて無理だろうと思ってやめたこの話を、舞台の上でやってみたらどうなるか。そう思った」

「……──」

　部屋の中に沈黙が落ちる。なんと答えていいかわからず台本の紙を見つめ続ける千里に、野上がそっと続けた。

「実はね。少し前から、小説が書けなくなってたんだ」

「え？」

　さばさばとした口調で語られた、けれど決して軽くはない内容に目を瞠る。どういうことなのか。そう思いながら、つい隣にあるリビングをちらりと見てしまう。そこに広がる光景は、どうみても執筆中のものだ。千里の視線の意味に気がついたように、野上が小さく笑う。

「あれは来年分の仕事。このまま書けなかったら、全部断るつもりだったんだけどね。君のおかげで書けるようになったよ」

「俺のって、でも……」

　何もしていないのにと戸惑いに顎を引けば、俺が勝手にそう思ってるだけだからと微笑まれる。

「嫌味を承知で言えば、昔からあんまり苦手なことがなくてね。小説を書くのも、わりとすんなりやってきたんだ。こうすれば面白くなるだろうって、なんとなく」

　だから小手先で書いてるって言われることも多い。おどけるように肩を竦めた野上に、一冊しか読んだことはないもののそうだろうかと千里は首を傾げた。

「俺は、技術的なことはよくわからないですけど……面白かったって思いました」

「ありがとう」

そう言った野上が、嬉しそうに目を細める。だがすぐにその瞳は、記憶を辿るように宙を見つめた。

「最初は、弟のために小説を書いてたんだ」

「弟さんの？」

「そう。今は元気だけど、子供の頃は喘息《ぜんそく》がひどくてね。外に遊びに行けない代わりに、弟が読みたいっていう話を書いてやってた」

その言葉に、ふと姉のことを思い出す。千里が演技を始めたきっかけもまた、身体の弱い姉の喜ぶ顔が見たかったというそれだった。

「その弟も、今は元気になって自分の好きなことをやってる。出版社に就職した友人から持ちかけられてデビューして……それなりに仕事も貰って。やりたいことをやってるつもりだったけど……」

ある日書いたものを読み返して、不意に違和感を覚えたのだという。

「それからかな。幾ら書いても面白くない。腑《ふ》に落ちない。仕事だから、書かないわけにもいかない……そうしてるうちに、書きたいものすらぼんやりしてきた」

自分が何を書きたかったのか。なんのために書いているのか。全てに靄《もや》がかかったようで、やがて幾ら画面を見ても新しい文章が思い浮かばなくなったのだという。

「ああ、これは駄目だと思ったよ。書けなきゃ仕事にならない。この調子が続くならきっぱりやめようって。けど高凪から小説が書けないならうちの本を書けって無茶苦茶なこと言われてね。いつか書くって約束もしてたし、正直、最後にやっておこうくらいの気持ちだった。使えるものが書けるかは保証しないってあらかじめ言っておいたし」

でも、と野上が続ける。

「現金なものだよね。舞台の上で演じてる――いや、その役として生きてる君の演技を見てぞくぞくした。あやふやになってたものが急に形になって、無性に話が書きたくなったんだ。小説もそうだけど、もし自分が書いた話を君がやったらどうなるか。そう思ったら、どうしてもやってみたくなった」

「……そ、んな」

高凪や稔ならばともかく、自分はそんなふうに言って貰えるような演技力はない。昔ならそれはなおさらだった。

「上手いとか下手とかじゃなく、もっと単純に――うん、引きこまれたっていうのかな。画面の向こうで演じているのは確かにチサトっていう役者なのに、君じゃない、別の人間に見えた」

可能性を見つけたら試してみたくなるのは、モノを作る人間の業だ。だから一度は没にした話をきちんと作り上げた上で高凪達に相談したのだという。

手放しで褒められ、居たたまれなくなってしまう。ファンの人達に言われた時とは違う、逃げ出したいような気分に駆られながら、熱くなった頬を隠すように一層俯いた。

「高凪と樫谷さんからは、君の判断に任せるって言われてる。どっちの話でも、成功させる自信はある。だから好きにしろって」

「……──あ」

高凪と樫谷には、リバースに入る際に聞かれたため、以前の劇団をやめた理由だけは話したのだ。女役をやっていたことで不本意な噂が広まっていたことも。

千里の嫌な記憶など、この世界の中では珍しくもないことだ。役者として、やれと言われれば断ることはできない。この台本ならなおさら言われてもおかしくはないのに、千里の気持ちを慮《おもんぱか》ってくれる二人の心遣いがありがたかった。

少し表情を緩めて前を向けば、真っ直ぐにこちらを見ている野上と目が合った。咄嗟に逸らそうとするが、静かにこちらを見るその瞳から目が離せない。どきどきと脈打つ自身の鼓動が妙に耳についた。

(駄目だ、これ以上……)

ざわりと、胸の奥に覚えのある感覚を見つけ泣きたいような衝動に駆られる。

二度とあんな思いはしたくない。そう言い聞かせ、心の中のそれを無理矢理封じ込めるように押しやった。どうにか他の方法を見つけて貰おうと、思考を巡らせる。

「他の人じゃ駄目なんですか？　逆に、女性の団員がやるとか……」

「それは打診された。けど、そもそも今の役を君にやって欲しいっていう大前提があるんだ。だからプレッシャーをかけて申し訳ないけど、断られたらこの話は没にするつもりだよ」

「そんな……俺だって女役をやってたのは昔のことです。成長した今じゃ、姿形はともかく声はごまかせませんし」

「その辺はもちろん俺も考えた。だから高凪達に相談したんだ」

二人とも、チサトならできるだろうと言った。その上で、本人の意志を尊重すると言ったそうだ。

尊敬する高凪達に演技を認めて貰えているのは嬉しい。過大評価だとは思うが普段ならば単純に喜んだだろう。けれど今だけは、逃げ道を塞がれたようで肩を落とすしかなかった。

嫌だというのは簡単だ。けれどこの話を読んでしまった――そしてそれを面白いと思ってしまった以上、自分のやりたくないという気持ちだけで没にさせてしまうのはあまりに惜しかった。

それに、役者として惹かれないかと言えば――それも嘘になるのだ。

「できなくはない。でも理由があってやりたくはない……ってところかな」

咎《とが》めるでもない淡々とした声。はっと顔を上げると、こちらを真っ直ぐ見つめていた野上の口元に微かな笑みが浮かんだ。

「当たり？」

「……——」

否定も肯定もできず俯く。すると、仕方がないという小さな声が耳に届いた。

「これぱっかりは無理強いできないからなあ。わかった、諦めよう。この話は忘れていいよ。高凪達には、今までどおりでって伝えておくから」

「っ！」

あっさりと退いた野上が、千里の手元から紙束を引き抜く。ぽんと無造作にテーブルの上に放られたそれを視線で追うと、さて、と話題を変えるように立ち上がった。

「チサト君、時間があるなら夕飯でもどう？　仕事に戻る前に美味しいものが食べたいんだけど、一人で行くのも味気ないし」

「え、あの……っ」

先ほどまでの雰囲気を一掃した野上に、逆に千里の方が戸惑ってしまう。野上と原稿を交互に見遣る千里に気づいているのかいないのか、ちょっと着替えてくるから待っててと言い置いてそのままリビングを出て行った。

（どうしよう……）

このままでは、あの話が本当になかったことになってしまうかもしれない。じっとテーブルの上の原稿を見つめ、逡巡する。

野上の言うとおりだ。自信があるかどうかは置いておいて、やろうと思えば多分できる。それが求められているものかはわからないが、読んでいる間に千里の中でのイメージはきっちり固まっていた。自分ならこうするだろう。どんな役でもそう考えながら読むのは、すでに癖のようなものだった。

(でも。こんなにはっきり思いついたのは初めてだ)

それくらい話に引き込まれた。やりたくはない——でも、やってみたい。そんな迷いが自分の中に確かにある。

『うわ、マジかよ！　あいつの女装、やっぱり趣味だったんだな』

『そりゃあ、あれが趣味なら追究もするよな。俺達じゃ敵《かな》わねえはずだよ』

『あの人も悲惨だよな。女装した男に追いかけ回されたって、ぞっとするどころの話じゃねえって。もてるのも善し悪《あ》しだよ』

いまだに耳に残る蔑《さげす》むような嘲笑《ちょうしょう》。さざめくような笑い声から逃げるしかなかった自分。どんなに真剣に演じても、その度に密《ひそ》やかな嘲《あざけ》りの声が耳に届き、やがて演じることすらできなくなっていった。

リバースの入団試験で女役をやれと言われた時、正直言えば逃げたかった。高凪のことを恨みもした。それでもやったのは、逃げても逃げなくても後悔することに変わりはないと思ったからだ。向き合おうと決めたのは自分で、結局のところ、そこと向き合わない限りは何も解決しないのだと。

結果的に、思い切ってやったことで演じることの楽しさを思い出せたが、本番の舞台の上で女役をやることだけには未だ抵抗があった。不特定多数の目に触れてどこからか昔の話が蒸し返されてしまえば、また居場所を失ってしまうかもしれない。その恐怖感が拭えない。

『その役、君にやって欲しいんだ』

それなのに、先ほど真っ直ぐ向けられた言葉に心が傾ぐのが止められなかった。昔の自分と今の自分。そのどちらをも必要とし、やって欲しいと言ってくれた。そのことで、嫌な思い出で塗りつぶされてしまった過去が少しだけ救われたような、そんな気がしたのだ。もっと簡単に嫌だと言えるくらい面白くなければよかったのに。そんな理不尽なことを思いながら、小さく息を吐いた。

(それでも……)

先のことはわからない。だがたった一つ、あの話が日の目を見なくなってしまったらきっと自分が一番後悔してしまう。それだけは確かだった。

「お待たせ、行こうか」

再びリビングに姿を見せた野上に、どうにか心を決めて立ち上がる。

「野上さん」

「ん？」

「……——俺で、よければ。やってみます」

たったひと言が、とてつもなく重かった。鉛を乗せられたかのようなそれに、野上がぴたりと動きを止める。目を瞠ったまま、まじまじと千里を見つめてくる。

「本当に？」

確かめるような声音《こわね》に、覚悟を決めて頷く。今の場所には稔や高凪達がいる。女役をやったからといって、訳もなく嘲笑を向けられることはない。あの頃とは、周囲の人々も状況も違うのだ。そう、自分に言い聞かせた。

「ご期待に添えるかはわかりませんけど。でも、あの話が没になる方が嫌……——うわっ！」

「ありがとう！」

突如、軽い衝撃とともに思考が停止した。上半身から伝わってくる自分のものではない体温に、目を見開いたまま硬直する。

抱き締められている。そう自覚したのは、視界に入ったあまりに近すぎる距離にある野上の肩口を見た瞬間だった。嬉しさのあまり思わずといったふうなそれに、突き放すことも笑うこともできずただひたすら硬直し続ける。

背中に回された腕。わずかに力を込められたそれに、心臓が高鳴るのが止められない。触れたところから伝わってしまいそうだ。そう思った途端我に返り、慌てて身動《みじろ》いだ。

「の……っ、の、野上さん……」

「っと、ごめん。嬉しくてつい。でも、本当にいいの？」

やってくれるというなら遠慮なくつけこませて貰うけど、と続けられ、内心の動揺を押し隠すように顔を伏せて頷いた。今はまだ、まともに野上の顔が見られない。

「実は、高凪から断られる可能性の方が高いって言われてて。そう簡単に諦める気はなかったけど、正直駄目元だったんだ」

「え？　でもさっき……」

無理強いはしないと、さっさと話を終わらせようとしていたのに。困惑顔の千里に、野上がそんなのと笑った。

「押して駄目ならひいてみろって言うだろう？　これでやって貰えなかったらまた他の方法を考えたよ。あ、もう言質《げんち》はとったしやめるは聞かないからね」

悪びれた様子もないそれに、しばし茫然とする。ようするに、自分はあっさり野上の思惑に乗せられてしまったというわけだ。

（この人……）

毒気を抜かれ、動揺していたことすら忘れてぽかんと野上を見る。次第にくすくすと笑いがこみ上げてきた。

もちろん一度やると言ったからには、できる限りのことはやるつもりだ。ただ一つだけ、

と付け加えた。

「正直、今の俺がやったらかなり違和感があると思うので。本当に引き受けるのは、樫谷さん達からの合格点が出たらでいいですか？」

「もちろん。その辺は、樫谷さん達に任せるよ。さて、じゃあご飯食べに行こうか。今日はなんでも奢るよ」

さっきの今では遠慮する気もおきない。ごちそうさまです、と笑いながら千里は久々に心が浮き立つような気分で、外に向かう野上のあとを追った。


「私はそれでも――兄のしたことが、どうしても許せない」

低く、苦々しく。けれど柔らかな女性の声を意識して台詞を紡ぐ。声はわざとらしくない程度に高めにして、あとは仕草や表情で違和感をカバーする。

しんと静まり返った稽古場に漂う、はりつめた緊張感。全員が真剣な眼差《まなざ》しで、部屋の中央で演技をする千里と稔を凝視している。

だが今の千里にそれらの視線は届いていない。視界に映るのは、千里の相手役――役柄的には『恋人』となる稔だけだ。

演技中は、目の前にある世界に集中する。人であったり、物であったり。そうすることで意識の中から『観客』という存在をできる限り排除するのだ。一方で、舞台の上では自身と周囲の立ち位置を冷静に把握することも必要となる。自分の演技にのみ集中してしまえば、何かあった場合にアドリブがきかなくなってしまうからだ。

千里は、常に計算して動くタイプではなかった。演技中はその役として生き、その中から自身のやるべきことを見出していく。頭で考えるよりも先に身体が動く、というのが一番正しいだろう。どう動けばいいかは稽古でたたき込まれているし、あとは状況に応じて反射的に判断している。

「身内だからこそ、理不尽さを許すことが時には必要だと言っても？」

「妹だからこそ、です。大切な人を傷つけたこと、それをよしとする考え方を私が認めるわけにはいきません。それをすれば、あの人を止める人間が誰もいなくなる」

「頑固さだけは、あの人そっくりだ」

「……――」

向けられる苦笑混じりの、愛《いと》おしげな視線。罪悪感に苛《さいな》まれながら、それ以上の愛しさでその視線を受け止める。何を失っても、この人だけは失いたくない。そんな思いに突き動かされるように、目の前に立つ人へと手を伸ばした。

「……――ごめんなさい」

「君が謝ることじゃない。むしろ……この手を離せない俺が、背負うべき問題だ」

胸の奥からこみ上げる悲しみと喜びにうっすらと涙を滲ませ、抱き寄せられるまま胸に縋《すが》る。その瞬間、ぱん、と鋭い音が静寂の中に響き渡った。

「そこまで！」

ぴたりと動きを止めた千里の身体から、稔の腕が離れる。ぼんやりと顔を見上げれば、終わったぞと珍しく口端で笑った稔にウィッグを着けた髪の毛を掻き回された。

「よし、合格だ。誰か意見のあるやつは？　自分の方が適任だと思うやつがいれば遠慮なく言え。イメージに合えば交代も見当する」

樫谷の淡々とした声。薄膜が張ったように聞こえるそれを聞き流しつつ茫洋と視線を彷徨《さまよ》わせる。と、壁際に満足げな瞳でこちらを見ている野上の姿を見つけ、はっと我に返った。

（そうだ、見学に来てたんだった）

台本変更が本決まりになり、変更内容と配役が発表されることになった今日、野上は様子見を兼ねて稽古場に来ていた。高凪の提案で、出演メンバーもそうでない団員も集めてテストとして千里の演技を見せることになったのだ。

多少なりとも揉めるだろうから説明のために行くよ。千里と二人の時に、野上はそうからかうように笑っていた。

『まあ単純に、君が演《や》るところが早く見たいだけなんだけどね』

期待されている。期待外れだと思われた時のことを考えれば怖くもあったが、それよりも嬉しさの方が勝っていた。なにより、見てくれているということで頑張れと背中を押して貰った気分で演技に入ったのだ。

それにもう一つ。作家本人がいれば、少なくとも理不尽な文句は言い難くなる。野上が来たのは、団員達の不満が千里に向けられた時のことを考えてのことじゃないか。演技前にそう言ったのは稔だった。

「俺は納得いきません。双子の設定って言ったって、男女じゃ似てなくて当たり前じゃないですか。それをあえて男のチサトを使う意味がわからない。団員に女がいないっていうなら話は別ですが、他に適役はいくらでもいるでしょう」

「例えば？　今の出演メンバーは動かせんからそれ以外でな」

不満げな顔をしているのは、予想通りというか、普段から千里に対して風当たりの強い団員達だった。率先して手を挙げたのは高凪の誕生会の時に名波に睨まれていた新生で、その周囲では数人が同じように頷いている。

どちらかと言えば文句の方が多いだろうと思っていただけに、それ以外の団員からは批判的な雰囲気は読み取れず拍子抜けしてしまったほどだ。

冷静な樫谷の問いかけに、不満げだった団員達がわずかに怯《ひる》む。互いに目配せをし合い、該当する人物を探すように周囲に視線を走らせた。

「……それは、少なくとも女なら誰でも、男のチサトよりは普通にやれると思います」

「具体的な人間が挙げられないのなら却下だ。女なら誰でもいい、じゃあ配役を決める意味がない。若い男が若い男の役、若い女が若い女の役。そんなものはできて当然なんだからな。演じられさえすれば、誰がどんな役をやろうが関係ない」

「……――っ」

「俺は、別にチサトでいいと思うけどなー。今のだって、ドレス着て化粧したら舞台上じゃ十分女に見えると思うけど。っつーか、正直らしすぎてぞっとした」

鳥肌がたったと言いたげに自身の腕をさすったのは楠木だ。重い空気を散らすおどけた口調につられたように、他の団員達が笑いを零し始める。

高凪や名波といった主力の団員達は、黙って成り行きを見守っていた。自分達の発言の影響力を自覚しているため、よほどの場合や意見を求められない限り、こういった場で口を挟むことはない。その点は、責任者であり舞台監督である樫谷への信頼もあるからだろう。

楠木につられるように、肯定的な意見が上がり始める。ざわざわとし始めた稽古場の中央で隣に立つ稔を見れば、いつもの飄々《ひょうひょう》とした表情でこちらを見下ろしてくる。

「大丈夫か？」

「大丈夫……やるって決めたし」

小さく頷けば、ぽんぽんと掌で頭を叩かれる。稔には出会って間もない頃にひょんなことから劇団に入っていたことがばれ、たった一つ——原因となった部分——をぼかして昔あったことを打ち明けていた。

『馬鹿だろ、そいつらもお前も』

話を聞いた稔は、ガキくせえ嫉妬《しっと》といじめだろと一蹴《いっしゅう》した。またそれを抱え込んだまま後ろを向いていた千里のことも、鼻で笑い飛ばしたのだ。

『役者だったんなら、そんなもん後生大事に覚えてるより台詞の一つも覚えろ』

その上、劇団にいたならちょうどいいと練習に付き合わされ、なんだかんだとリバースの舞台に誘われて——結果、再び役者に戻るよう背中を押してくれた。

今回のことも、やってみると言った千里に「あっそ」と言っただけだったが、心配してくれているのはわかった。

『だせえ演技しやがったら、俺が笑い飛ばしてやるから安心しろ』

だから、周囲の反応など気にせずに思いっきりやれ。言外に告げられたそれに泣きそうになりながらありがとうと言えば、案の定照れ隠しに頭を叩かれてしまったが。

「他に意見がなければ決まりでいいな。チサト、お前は？」

「大丈夫です」

頷けば、よし、という樫谷の声とともに場の雰囲気が変わる。

「じゃあ、一旦解散。稽古は一時間後だから遅れるなよ」

「ありがとうございました！」

全員の挨拶とともに、その場は解散となる。ウィッグを外し壁際を見れば、野上が樫谷と一緒に稽古場を出て行くところだった。挨拶をしようか迷ったものの、この場で個人的に作家と話すのも気が引けて稔についていて楠木のところへと向かった。

「お疲れさん、二人とも」

「楠木、さっきはありがとう。ぞっとしたはひどいけど」

「いやいや、俺は事実を言っただけだって。にしてもチサト、あんな特技があったんだな。鳥肌立ったぜマジ」

ほらほらと二の腕を示され、苦笑しながらその腕を掌で叩く。

「それ褒めてないよ。特技っていうか、前にちょっと……」

誤魔化すように言葉を濁せば、千里自身はあまり話したことがない人だった。楠木と共演することが多いが、同年代の女性団員が「ねえねえ」と近づいてくる。

「チサト君。違ってたら悪いんだけど、もしかして何年か前に劇団『悠《はるか》』で女役とかやってなかった？」

「……──ああ、うん。まあ」

「やっぱり！　私、昔何回か観に行ったことがあるの。どっかで観たことあるなってずっと思ってたんだけど、今の演技見て思い出して。チサト君だったのかー。なんか納得」

うんうんと頷いた団員に、ごめん、と言い添える。周囲を見れば自分達の会話を聞いている人間はおらず、声を潜めた。

「それ、あんまり言わないで貰っていいかな。隠してるわけじゃないけど、向こうはもうやめてるし……」

「あ、そっか。そうだよね。ごめん、つい嬉しくて」

わかったと頷いてくれた相手にこっちこそごめんと謝る。思い出してすっきりしたからいよと笑い身を翻した女性団員を見送っていると、頭上からぽつりと呆れたような楠木の声が落ちてきた。

「あいつ、まーた逆恨みしてそうだな」

「放っておけ。自力で役がとれるやつは誰も文句つけなかっただろ」

「ははっ、稔それはっきり言い過ぎ。けどチサトは気をつけとけよ」

稔と楠木の言葉から、先ほど反対意見を出した団員達のことだと察する。そちらを見ないようにしているためわからないが、あまり好意的な雰囲気にはなっていないのだろう。

楠木には、リバース入団前に別の劇団に所属していたということ以外何も話していない。たった今目の前で交わされた会話について聞いてこようとしないのは、千里の言いたくなさそうな雰囲気を慮ってくれたのだろう。身構えていた身体からそっと力を抜き、にこりと楠木に笑いかける。

「うん、ありがとう。楠木、こんなに優しいのになんでいっつも振られちゃうのかな。みんな見る目ないよね」

「……っく！　お前それ言い難いことをあっさり……恩を仇《あだ》で返すって言葉知ってるか？　知ってるよな？」

「え、褒めてるよ？」

　驚きに目を瞠った千里に、楠木が褒めてねえだろと力なく肩を落とす。

「おら、そこの三人組。漫才やってねえで準備しろ。それとチサト、ちょっと来い」

「はい！」

　入口から顔を覗かせた高凪が千里を手招く。じゃああとで、と二人のもとを離れ高凪の方へと駆け寄った。

「なんですか？」

「ほら、これ」

　差し出されたのはメモ用紙で、首を傾げて受け取る。開いたそこには見慣れない電話番号が書かれており、高凪へと視線を戻した。

「高凪さん、番号変わったんですか？」

「俺のじゃねえよ。野上のだ。礼を言いたいから、暇な時に電話くれだとさ」

「あ……」

思わぬそれに目を瞠り、渡されたメモ用紙を握って頷く。今日の感想も聞いてみたい。そわそわしながら、ありがとうございますと微笑んだ。

「なんだ、お前らいつの間にか仲良くなったな。お前はともかく、あいつは予想通りだが予想外だ」

うんうんと、高凪が納得したように何度も頷く。予想通りだけど予想外ってなんですか。いまいちよくわからない納得の仕方に、つい苦笑が浮かぶ。

「仲良くって言っても、この間届け物した時にお話しさせて貰ったくらいですよ」

「だからこそだよ。とにかく今は定期公演に向けて頑張れ。久々にお前のあれ見たが、俺の目に狂いはなかったな。うちに入れてよかった」

「……――」

困ったように微笑む千里の背中をばしりと高凪が叩く。思わず前につんのめった千里に、しっかりしろと笑った。

「どうせやるなら、客の度肝を抜いてやれ」

力強い激励の言葉に、痛いですと文句を言いつつも千里は笑って頷いた。

「ここ、かな？」

印刷した地図と店名を見比べ、間違いないことを確認する。『Largo《ラルゴ》』と書かれた店の扉を押して中を覗いた。

大学が休みのこの日、千里は野上に呼びだされて閑静な住宅街の中にあるレストランへと足を運んでいた。夕方から稽古があるため、昼食でも一緒にと誘われたのだ。

『引き受けてくれたお礼も兼ねて。どうかな』

礼などいらないと言ったが、話したいこともあるからと言われ了承した。野上と話すのは楽しく、会えるのが楽しみではある。が、一緒にいて落ち着かなくなるような感覚に、これ以上深入りしない方がいいと告げる自分もいた。

さほど広くはない店内を見回していると、こちらに気づいた店員が近づいてくる。

「いらっしゃいませ」

「すみません、待ち合わせなんですが……」

柔らかな雰囲気の青年にそう言うと、視界の端にちらりと目的の人物の姿が映った。奥のテーブル席に座りノートパソコンに向かっている野上を見つけ、いました、とそちらに視線を向ける。

「どうぞ」

にこりと微笑み店の奥に促され、ありがとうございますと青年の横を通り過ぎた。内装もシンプルだがセンスのよさが感じられ、稔が好きそうな店だなと内心で独りごちる。

「野上さん、こんにちは」

テーブルを挟んで向かい側に立ち声をかけるが反応がない。仕事中なのだろう。キーボードを打つ真剣な表情に頬を緩め、音を立てないようにそっと席に着いた。

タイミングを見計らって先ほどの青年が水とメニューを持ってくると、状況を察したように千里の前にそれらを静かに置く。それでも気づかない野上に、顔を見合わせてどちらからともなくくすりと笑った。

「お決まりになりましたらお呼びください」

千里に聞こえるくらいの小さな声でそう告げると、青年がテーブルをあとにする。メニューを広げ見るともなしに見ながら、目の前にある野上の顔を盗み見た。

(やっぱり、かっこいい人だよな)

整った顔立ちもさることながら、モデルや俳優だと言われてもすんなりと信じてしまえるような雰囲気がある。人から見られることに慣れている、というのだろうか。

書くことに没頭している様子に、ついついじっと見つめてしまう。迷いなくキーを打つ音と、画面を見つめる真剣な眼差《まなざ》し。集中すると周囲の景色や音が意識の外に追い出されてしまう感覚は千里にも覚えがある。

書くことが好きなんだろうな、と。野上の姿を見ていて自然とそう思った。

一区切りついたのか、カタカタと規則正しく聞こえていた音が止んだ。息を詰めていたのだろう、軽く息を吐く音とともに、ふと野上の視線が上がる。

「……あれ？」

「こんにちは」

正面の席に座る千里の姿を目を瞠った野上に、笑って頭を下げる。

「うわ、ごめん！　全然気づいてなかった！」

「大丈夫です。あの、きりのいいとこまでやって貰っても……」

「今ちょうど一区切りついたところだから大丈夫。っていうか、本当にごめん。ちょっとだけのつもりだったんだけど」

慌てた様子でノートパソコンを片付けながら、野上が照れ臭そうに笑う。

「お仕事ですか？」

「そう。あと少しで書き上がるんだけど、ちょうどいい台詞が浮かばなくてね。さっき急に思いついたから忘れないうちにと思って——わざわざ呼び出したのに、ごめんね」

苦笑とともに謝られ、とんでもないですと首を横に振った。

「なんか嬉しかった……ので。お仕事してるとこ見られて。それに俺も、台詞覚えてたり本に熱中すると周りが見えなくなるらしくて。友達に、よく怒られてます」

「ああ、わかるわかる。本に集中したりすると、声かけられても聞こえないんだよね」

「そうなんです」

くすくすと互いに笑い、テーブルの上を片付けてしまった野上が優しげに微笑んだ。

「今日は来てくれてありがとう。忙しいのにごめんね」

「とんでもない……俺の方こそ、気を遣って貰って申し訳ないです」

どぎまぎしつつ顔を俯け首を振った千里に、野上がふっと口元を綻《ほころ》ばせるとメニューを広げた。

「とりあえず注文しようか。料理はお任せでいいかな？　この店、シェフのおすすめが一番美味しいんだ。食べられないものとかある？」

「大丈夫です。好き嫌いもないので」

近くにいた青年を呼び、野上が二人分の注文をする。テーブルセッティングを終えたところで、改めて野上が千里に向き直った。

「今回のこと、本当にありがとう。君のおかげであの話を使うことができた」

「とんでもないです。俺の方こそ、やらせて貰えて光栄です」

「この間の稽古を見て、改めて頼んでよかったと思ったよ。間近で見るとやっぱり凄いね。ウィッグをつけてただけなのに、いつもの君と全く違ってた」

「ウィッグでだいぶ誤魔化してますよ」

視覚からの情報というのは案外重要だ。髪の毛が長いというそれだけで、女性を演じる上で見る側に先入観を与えてくれる。

「引き受けて貰えるまで何度でも頼むつもりではいたけど、実のところ無理をさせたとは思ってるからね。この間も言ったけど、あんまりやりたくはなかったんだろう?」

「……っ」

図星をつかれ言葉に詰まる。だが先日実際に演技をした時のことを思い出し、少しだけ肩の力を抜いた。向けられなかった嘲笑や嫌な視線。今と昔は違う。そう思いながら、軽く首を横に振った。

「……前にいた劇団で、女役をやってたことでちょっと嫌なことがあって。でも今は大丈夫です。高凪さんもいますし、頼りになる友人もいますから」

それよりも今は、野上に嫌々やっているわけじゃないことを伝えたかった。にこりと笑いながら言えば、そうか、と安心した様子で野上も微笑んだ。

「それに読んでしまった以上、あの話があのまま没になるのだけは嫌だったんです」

「え?」

「先に読んでなかったら、多分やらなかったと思います」

それくらい、あの話が好きだったのだと。そう言い添えれば、驚いたように目を瞠った野上がふわりと嬉しそうな笑みを浮かべる。自然に出たとわかるそれはひどく甘く、不意打ちにどくりと心臓が音を立てた。

「そう言って貰えると嬉しい。えーっと、それでね……」

言い難そうに視線を泳がせ、隣の椅子に置いた鞄から何かを取り出す。はい、と差し出されたそれは掌大の紙袋で、いいのだろうかと迷いつつ受け取った。

「あげる。開けてみて」

「え、でも……」

いいからと促され、紙袋を開く。中に入っていたのは手触りから判断した通り文庫本で、何も考えずに袋から出してみる。

「あれ？　これって」

見たことのない表紙。けれどよく知っている作家名のそれは、朝倉孝司の本だった。そしてこのタイトルは、確か数日後に発売される予定のものではなかったか。もう早売りで書店に出ているのかと考えていると、野上の声が続いた。

「タイミングよく、昨日見本が届いたから持ってきた。で、前にした約束、覚えてる？」

「え？」

「俺が書いた他の作品を教えるって、あれ」

「……——え？」

馬鹿の一つ覚えのように「え？」としか言えずに、本と野上を見比べる。幾度かそれを繰り返し、ようやく何を言われているのかを理解して茫然とした。

「……朝倉、先生？」

「こっちの方がメインかな。あっちも確かに俺が書いたものだけど。昔知り合いの編集者から頼まれて、たまには毛色が違うのもいいかと思って気分転換にね」

「……――っ」

　驚きのあまり、手から本が滑り落ちる。ばさりと膝の上に落ちたそれの衝撃で我に返り、慌てて本を拾い上げた。一度逸らしてしまうと野上の顔がまともに見られなくなり、うろうろとテーブルの上に視線を彷徨わせる。

「あ、あの。すみません……俺、色々失礼なこと……」

「失礼って、むしろ言ったのは俺の方だろう？　最初の頃、態度悪くて本当にごめん」

「それは別に……俺も言い返してしまいましたし」

　俯いたまま首を横に振ると、不意に苦笑するような気配がした。恐る恐る前を見ると、思った通りの表情で野上がこちらを見ている。

「本当は、初対面の時に怒るかと思ったんだ」

「……――？」

　意味がわからず首を傾げると、千里の視線を受けた野上が言い難そうに躊躇ったあと、あのね、と続けた。

「実は、初めから君を怒らせるのが目的だった、って言ったらさすがに怒られるかな」

「え？　って、どうして……」

　突然の告白は、けれど予想もしていなかった内容で。千里は目を見開いて、気まずそうな表情の野上を見つめた。自分を怒らせて一体なんの得があったというのか。

「配役を決める時、主演は茅ヶ崎君ですんなり決まったんだけど、君がやる役は普段優しそうだけど怒った顔が印象的な人がいいって言ったんだ。そしたら高凪に君のことを薦められた」

「はあ……」

「でも、劇団のプロフィール写真を見せて貰っただけじゃ、実際どんな子なのかがわからなくて。見た感じ、すごく大人しそうだなって思ったし」

　感情を乱されても、誰かに攻撃的になるようには見えなかった。どちらかと言えば表に出さないタイプなのではないか。そう言った野上に、高凪がある提案をしたという。

「なら、実際に怒った顔を見てみようかって」

「……は？」

　唖然とし、怒るどころか間の抜けた声を上げてしまった千里に、野上が決まり悪そうにテーブルの上で指を組んだ。

「最初、それなりにむっとした顔は見られると思ったんだ。けど、どっちかと言えばおどおどしてたし、悪口ものんびり聞き流されちゃったし。何かいい方法ないかって話してたら、自分の本のこと貶《けな》してみろって言われて」

自分のことを悪く言われても大概のことじゃ怒らないが、多分そっちなら一発だ。笑いながらそう言われ、その勧めに従ってみたのだと白状した。

「君が俺の本読んでくれてるっていうのは、あいつから聞いてたんだ。でもまさか、あそこまではっきり怒るとは思わなかったから驚いた」

「……すみません」

「謝らないといけないのはこっちだよ」

目を伏せれば、君は何も悪くないんだからと優しい笑みが向けられる。

「不愉快な思いをさせられたら怒るのは当然だし、わざとだったんだから全面的に悪いのはこっちの方だ。むしろ、今度こそ怒られても仕方がないと思ってる」

けど、一度本当のことを話してきちんと謝りたかったから。実際、野上は何度も謝ってくれたし、今それ気にしていないというふうに首を横に振った。真摯《しんし》な声で告げられ、千里はを聞いても腹立たしく思うことはない。

そんな千里にありがとうと微笑み、だが、そのあとに続けられた声には少しだけ苦さが滲んでいた。

「けど、あの時……あの本を面白くないと思ってたのも本当なんだ」

「え？」

「小説が書けなくなってたって言っただろう？　あの時に君が読んでた本も、どうにか書いて出したって状態でね」

幾ら読み返しても面白いのかそうでないのかがわからなくなるばかりで、作品に対する批判に必要以上に力がこもってしまった。その時の苦しみを思い出したかのような野上の表情に、千里はかける言葉を見つけられず、微かに開きかけた唇を閉ざした。

野上の苦しみそのものは、ものを生み出す立場にない自分にはわからない。だが、自分の中の情景をその通りに表現できない苦しみは、役者として考えれば想像はできる。過去形で語られていることだけが、唯一の救いだった。

「ほとんど八つ当たりだったんだ。本当にごめん」

「そんな……」

もう一度テーブルに両手をつき頭を下げた野上に、やめてくださいと慌てる。ずっと好きだった作家にそんなことをされてしまっては、逆に申し訳なくなってしまう。

千里のあたふたとした様子に、頭を上げた野上がふっと柔らかく目を細める。そのままそれを楽しげなものに変えた。

「でも君があそこまで怒ってくれたのは、純粋に嬉しかったよ。それだけ俺の書いたものが好きだって言ってくれてるようなものだし」

逆に、納得されてたらへこんでたかもしれないな。先ほどまでの重い空気を払うようにあははと笑いながら言われ、千里はうろうろと落ちつかなげに視線を泳がせて俯いた。

「それは、まあ……」

確かに朝倉孝司の本が好きだからこそあの時かっとなってしまったのだが、面と向かって――しかも本人から言われると恥ずかしいものがある。いたたまれず顔を上げられずにいると、横合いからくすりと面白がるような笑い声が聞こえてきた。

「野上さん。それじゃまるで、自信過剰なナンパ男みたいですよ」

立っていたのは店員の青年で、両手で籠《かご》を抱えている。中身は色んな種類のパンらしく、どうぞお好きなのを選んでくださいとにこやかに差し出された。美味しそうなそれに、思わず頬が緩む。ふわりと香ってくる柔らな匂いが食欲をそそった。

「ありがとうございます。じゃあ、これと……これ」

籠の中には、白パンやくるみを混ぜ込んだものなど、五、六種類ほどが綺麗に並べられている。迷いながら名前が分からず指差せば、青年がトングで皿に移してくれる。野上の方に勧めると、こちらは慣れているようで二種類ほどを選んだ。

「千尋《ちひろ》君、ナンパ男はないだろ」

「えー。じゃあ、純情な男の子をもてあそぶ遊び人？」

「いや、それ変わってないっていうかひどくなってないか？」

にこにこと愛想のいい笑顔でさらりと辛辣《しんらつ》なことを言う青年に、野上が笑う。顔見知りなのだろう、苦笑はしているが怒っている様子はない。

「こういう人ほど、優しそうな顔して結構意地が悪いですから気をつけてくださいね」

「え？　あ、はい」

「そこ頷いちゃ駄目だよチサト君！」

突如話を振られ内容を理解する前に頷いてしまい、野上が慌てて待ったをかける。からからと楽しげに笑った青年が厨房の方をちらりと見て、「どうぞごゆっくり」と言い残し踵を返した。明るい雰囲気に思わず笑みを零すと、野上が食べようかと声をかけてくる。

「ここのパン、美味しいから食べてみて。全部さっきの子が焼いてるんだ」

「え！　そうなんですか？」

「うん。この店、料理は折紙つきだから。隠れた名店ってひそかに言われてて、有名な人とかも結構来てるらしいよ」

「凄いんですね」

確かに店は外観も内装もシンプルだが、洒脱でセンスもいい。昼の時間から若干ずれているせいか混み合った様子もなく、どちらかと言えば閑静な住宅街でひっそり営まれている雰囲気だった。だから隠れた名店か。そんなことを思いながらパンを口に運び、小さく声を上げた。

「美味しい……！」

柔らかく弾力のあるそれは、嚙むとふわりとバターの香りが口の中に広がる。これまでの店で食べたものよりも美味しかった。

「だろう？　俺の担当さんがこの店の常連で、打ち合わせがてらに食べにくることが多いんだよ。あと、平日とか人の少なそうな時に仕事しに来たりね。味も雰囲気もいいから気に入ってるんだ」

「だから、お店の方とも仲がいいんですね」

「いや……あれは、仲がいいっていうより単に容赦がないだけ。あの子は、別の知り合い繋がりで知ってたんだ。最初にこの店に来た時にいて驚いた」

「へえ、偶然ですね」

「俺もあの子もここから家が近いから、不思議はないんだけどね……で、話が逸れたけど。結果的に君の怒った顔が見れたから今回の配役になった、と」

「……その辺の苦情は、今度高凪さんに言っておきます」

どちらにせよ、焚《た》きつけたのは高凪だ。文句はそちらに、と言えば、不意に視界に形のよい指先が入ってきた。

「……っ、の、野上ふぁん？」

「君こそ、高凪と仲がいいねえ。ちょっと妬《や》けるかな。あいつも随分君のこと可愛がってるみたいだし」

どこか意地悪そうな口調で片頬を摘まれる。

「い、ひゃいです」

たいして力は入っていないため、実際のところ痛くはないのだが。離して欲しいと言う代わりに上目遣いで見上げれば、楽しげに野上が指を離してくれる。

「うちの弟も妙にあいつに懐いてるし。面倒見がいいのは認めるけど、俺より好き嫌い激しいくせにそう見えないのが得だよね」

「それは……」

「あれ？　もしかして朝倉先生じゃありませんか？」

言いかけた言葉を遮るように、背後から驚いたような声が聞こえてくる。

「……――っ」

聞き覚えのあるそれに、ぎくりと背中が強張った。

（まさか……）

目の前の野上に視線を合わせたまま、動揺を表に出さないように必死でこらえる。千里の背後に視線を移した野上が、見覚えのない相手にそうするように軽く首を傾げた。

「失礼ですが？」

「江沢《えざわ》といいます。作品はいつも読ませて貰ってます。前に、父の代理で授賞式に出席させて頂いたんですよ」

「それは、ありがとうございます」

先ほどまでこちらに向けられていた笑顔から温かさのようなものが抜けた気がして、思わず見つめてしまう。最初に会った頃の野上を思い出しながら、背後にいるであろう人物と顔を合わせないよう視線をテーブルに落とした。ぴりぴりと背中に緊張が走る。

「今日は……あれ？」

隣に人が立つ気配。落とした視線を上げられずにいると「やっぱり」と驚いたような声が聞こえてきた。

「千里じゃないか。久し振りだな」

「あ、江沢さん……。ご無沙汰してます」

硬くなりそうな声をどうにか驚いたものに変えて、頭を下げる。

「元気だったか？　急に劇団やめて連絡つかなくなったから驚いたぞ」

「……――っ、すみません……」

親しげにくしゃりと髪をかき混ぜられ、俯きながらさりげなくその手を避ける。ふと、こちらを見ていた野上と視線が合った。

「知り合い？　千里君」

「あ、はい。前にいた劇団の方、です」

突然本名で呼ばれたことに驚き、頷きながらそうかと気づく。江沢が『千里』と呼んだため、チサトの名を出さないようにしてくれたのだろう。

一方江沢が、千里の答えにそれだけかと苦笑混じりに付け足した。

「昔はあんなに懐いてたのに、えらくよそよそしいな。それに今は、別に劇団を立ち上げてる……ああ、これがうちの劇団です」

名刺を差し出された野上が、どうもと両手で受け取る。

「朝倉先生、よかったら今度うちで書いて頂けませんか。小説とは多少勝手が違うかもしれませんが、先生の本だったら絶対評判になると思うんですよ」

江沢が、折角の機会だからとにこやかに話を切り出す。すでに幾つか賞も取っている著名な作家に、初対面でこんなふうに気軽に話を持ちかけられるのは、自身とそして立ち上げたという劇団に明確な自信があるからだろう。父親が有名な劇団を運営している、というのも理由の一つかもしれない。昔から著名人に会う機会が多く、ある意味慣れているのだ。

（こういうところは、相変わらずだな）

昔はこの自信に満ちた態度がまぶしく、憧れてもいたのだが。

「申し訳ありません。当面スケジュールに空きがないのでお気持ちだけで。正式にご依頼頂いて時期が合えば、見当させて頂きます」

「そうですか。じゃあ……」

「お待たせ致しました」

さらに続きそうになった江沢の話を、軽やかな声が遮る。見れば、先ほどの店員の青年が両手に料理を持って立っていた。テーブル脇に立っていた江沢によろしいですかとにこやかに声をかけると、その場を離れた江沢が野上の方を向く。

「また別途お願いにあがります。よろしければ、ご連絡先を頂いても？」

「すみませんが名刺の持ち合わせがないんですよ。仕事のご依頼なら、出版社の方に連絡して貰えればこちらから折り返させて頂きます」

さらりと躱《かわ》され、ほんのわずか江沢が驚いたような表情を浮かべる。だがすぐに気を取り直したように笑顔を見せた。

「……わかりました。ではこれで。ああそれと、少しだけ千里をお借りしてもいいですか。伝えたいことがあるだけなのですぐにお返ししますから」

「……っ！」

ぽんと肩を叩かれ、思わず江沢を見上げる。だが当の江沢は、断る前に愛想よく会釈を残して立ち去ってしまった。

「なんか凄い方ですねえ」

料理をテーブルの上に並べながらぼそりと呟いた青年に、野上がねえと同意する。

「役者さんって感じだね。自信に満ちあふれてるっていうか。チサト君、どうする？　料理が冷めるし俺が断ってきてあげようか」

「あ……いえ！　大丈夫です。すみません、ちょっとだけ行ってきても構いませんか。すぐに戻ります」

「いいよ。何かあったら呼んで」

「ありがとうございます」

席を立ち、早足で江沢が戻った席へと向かう。入口近くにあるそこは自分達が座っていた席からだいぶ離れており、柱で見え難くなっている。ここなら声も聞こえないだろうと少しだけ安堵した。

「なん、ですか」

顔を見られないように、野上の方に背を向けて立つ。笑みを作るだけの気持ちの余裕は微塵もない。だが硬い表情を見られて、野上に何かあったのかと怪しまれたくはなかった。

「なんだも何も、お前、いきなり悠をやめて姿を消しただろう。これでも心配してたんだ。元気そうでよかった」

「……――」

苦笑とともに肩を竦めながら言われ、江沢から目を逸らす。

「……今、リバースにいるんだってな。朝倉先生と一緒にいるってことは、あの人、あそこで書くのか？」

リバースの名を出されひやりとする。劇団をやめて以降の千里の行方を知らぬふうだったが、ばれていたらしい。舞台に出ている以上隠すことはできないとわかっているが、できれば知られたくはなかった。この上、千里がやることになった役のことが耳に入れば、昔の話を蒸し返されてしまうかもしれない。

(それに……)

江沢の前から逃げるように姿を消したのは千里の方だが、行方を知っていて、それでも今日偶然会うまで何も言ってこなかったのだ。江沢にとって、千里はその程度の存在だったのだろう。改めて突きつけられたその事実と昔の自分の滑稽さに、複雑な思いが胸を過ぎる。もちろん、放っておいてくれた方がありがたかった――むしろ、今日とて会いたくはなかったのだが。

硬い表情のまま無言を貫く千里に、江沢がまあいいかと溜息をついた。宥めるような気配とともに、目を細める。

「話したくない、か。昔はあんなに……――」

その瞬間、自分の肩がびくりと微かに揺れたのがわかった。未だあの頃に捕らわれているとは思われたくなくて、俯いてぐっと拳を握りしめる。

気がつかれてしまっただろうか。そんなことを考えながら、だが江沢と視線を合わせればさらに動揺してしまいそうで反応を窺うこともできない。

そんな千里の様子に何を思ったのか、不意に押し黙った江沢が、わずかに動いた気配のあと「ほら」と何かを差し出してきた。

「俺の連絡先。裏に、プライベート用の番号が書いてある」

ちらりと視線を上げて見れば、それは先ほど野上に渡していたのと同じ名刺だった。

「……――」

受け取らずにいる千里の手に、持っていたそれを押しつけてくる。

「昔のことは悪かったよ。お前が姿を消して、これでも後悔したんだ」

思いがけない言葉を聞き、驚きに目を瞠る。確かにその表情は気まずそうで、押しつけられた名刺をつい受け取ってしまう。

「江沢さん……」

「話したいこともあるし、今度飯でも行こう。……ほら、もういいぞ」

気遣うように料理来たんだろうと促され、ぺこりと頭を下げる。思った以上にあっさりと終わった話に拍子抜けしながら、じゃあ、とその場をあとにした。

（なんか変わった……いや、戻った？）

久しぶりに話したからか、今日の江沢は最後に会った頃よりも出会った当初の印象に近かった気がした。時間が経つことで、千里の中で嫌な思い出として誇張されてしまっていたせいか。そう思いながら席に戻れば、野上が料理を前に心配そうにこちらを見ていた。その顔を見た瞬間、緊張に強張っていた背中からふっと力が抜けた。

「失礼してすみませんでした。終わりました」

「大丈夫だった？」

「はい。連絡先を貰っただけです。前の劇団をやめた時に俺が引っ越したので、それから疎遠になってて」

なんでもないですと笑えば、そっかと野上も表情を和らげる。

「じゃあ食べようか。あ、その前に。迷惑じゃなければ、チサト君の連絡先教えて貰ってもいいかな？　よかったらまた付き合ってよ。飯食いに行くにしても、一人じゃ味気ないし。こっちから渡しといてなんだけど、新刊の感想も聞かせて貰えると嬉しい」

「あ、はい！　もちろん。あの……」

そういえば、一番大切なことを言っていなかった。それに思い至り、背筋を伸ばすとテーブルの脇に置いた紙袋を手に取る。

「本、ありがとうございました。すごく嬉しいです」

改めて頭を下げると、大きな掌でくしゃりと髪をかき混ぜられる。温かな感触に顔を上げると、そこにはひどく優しげな野上の顔があった。

あの頃、自分自身の存在がとても希薄に感じられることがあった。姉が亡くなったあと、家の中は不気味なほど静まり返っていた。人はいるのに、一人でいる時よりも孤独感が強い。そんな状態が長く続いていた。

千里《せんり》自身、姉のことが悲しくなかったわけではない。高校生にもなれば、人の死は正しく理解できる。もう二度と会うことができないのだと思えば、失ったものの大きさに泣くことすらできなかった。

やがて、悲嘆にくれる母親の姿と、話しかけても誰からも返事すら返ってこない状況に、徐々に心が疲弊していったのだ。

『千里、遊びに行くか？』

そんな中変わらず千里のことを気にかけ誘ってくれたのは、当時、劇団『悠《はるか》』所属の役者であり姉の家庭教師として家に出入りしていた江沢《えざわ》だった。江沢は悠のオーナーの息子という立場ではあったが、千里のことを弟のように可愛《かわい》がってくれた。

入団した頃から、千里の家の事情を聞いていたらしい江沢は、プライベートで千里をよく遊びに連れて行ってくれていた。そんな中で、家まで送り届けてくれた際に母親と顔を合わせ、江沢が比較的有名な私大の学生だったことから姉の家庭教師のバイトをという話になったのだ。

その頃は、兄ができたようで嬉《うれ》しかった。周囲の大人達は、身体《からだ》の弱い姉の心配はしても健康で大人しい千里のことは別段気にも留めなかった。姉の入退院で母親が情緒不安定になることが度々あり、できることは自分でやろうとしているうちに、両親の中で千里は放っておいても大丈夫な子供という認識になってしまっていたのだ。

だが唯一、千里を放っておけないと言ってくれたのが江沢だった。

『お前、しっかりしてるようでぼけっとしてるよな。姉さんの方がよっぽどしっかりしてるぞ』

笑いながらそう言ってくれるのが嬉しく、姉の家庭教師を引き受けた時は、江沢をとられてしまったような気分にすらなってしまったほどだ。

けれど数年後、姉の死をきっかけにして江沢との関係が変わってしまった。

『こうしてると、君の姉さん――霞《かすみ》にそっくりだな』

次回公演の自主稽古に付き合ってくれと言われ江沢の家に行った際、相手役の雰囲気を出すためにとふんわりしたワンピースを着せられた。艶《つや》やかな黒髪のウィッグをつけられ、そのまま稽古をしていた折りにふと江沢が呟《つぶや》いたのだ。

『……気づいてたよな。俺と、君の姉さんが付き合ってたのは』

髪を撫《な》でられ、抱き寄せられるようにしてそう告げられた。事実、身体の弱い姉が江沢のことを好きになり、恋人と呼べる関係になっていたのは気づいていた。一緒にどこかへ出かけるようなことはなかったが、千里よりも姉といる時間の方が多くなった時点でなんとなく感じとっていたのだ。

『たまにでいい。ここに来た時、こんなふうに君の姉さんを思い出させてくれ』

泣く寸前のような声で懇願され、断ることはできなかった。人前に出るのならともかく、江沢の前でだけなら構わない。必要とされている喜びと、姉の名を出された胸の痛みを自覚した時、千里は自分が江沢のことを好きなのだと気がついた。

もちろん、相手は男だという戸惑いはあった。だが当時の千里には、性別よりも自分のことを見てくれる人というそれこそが一番重要だったのだ。

そうして、思ってしまった。

姉の代わりでもいい。こんなふうに構って貰《もら》えるならなんでもいい……と。

「……馬ぁ鹿」

台本をぼんやりと眺めながら、過去の自分に向かって悪態をつく。記憶とともに蘇《よみがえ》った自己嫌悪と後悔を嚙《か》みしめるように唇に歯を立てる。

ふと思い出したのは五、六年ほど前のことだ。まだ高校生だった——姉が亡くなり、両親が離婚する前のこと。それからの一年間は今でもあまり思い出したくはない。

「……そろそろ帰ろう」

結局開いただけになっていた台本を閉じる。

帰ったら寝てしまうため、稽古場に残って今日の稽古でやった部分をもう一度復習しておこうと思ったのだ。更衣室には先ほどまで帰り支度をする団員達がいたが、まだ居残り稽古をしている者を除いてみな帰ってしまっていた。

「あれ？」

電車の時間を確認しようと携帯を取り出せば、メールの着信表示がある。開いてみれば野《の》上《がみ》からで、自然と口元が綻《ほころ》んだ。

「稽古お疲れさま……か」

数日前に食事に行って連絡先を教えた時、野上のメールアドレスも教えて貰っていた。さほど頻繁にやりとりするわけではないが、野上が気安い様子で送ってくれるため、千里も比較的かしこまらずメールを返すことができていた。

「ありがとうございます、今から帰ります、と」

お互い、内容は本当にささいなことだ。今のように、稽古終わりを見計らってお疲れさまと送ってくれたり、その日にあった面白いことなどを教えてくれたり。時々写真も添付されており、千里も何か見つけた時は覚えておいたり写真を撮ったりして返していた。

千里にしてみれば、相手はずっとファンだった小説家なのだ。野上が朝倉《あさくら》だと聞かされた時は、どんなふうに接していいのか正直困った。

だが憧れの小説家としてより、高凪《たかなぎ》の友人として出会った方が先だったせいだろう。話すうちにやはり野上は野上だと思うようになっていた。

（いつか、最初に買った本にサインを頼めるといいな）

そんなことをひっそり思うくらいはいいだろう。役者やモデルでも通用しそうな容姿であるのにほとんど露出はされていないため、サイン会などの情報も見たことがないのだ。

（野上さんには、からかわれたり驚かされたりばっかりだな）

ふと、これまでのことを思い出してくすりと笑ってしまう。まるでびっくり箱みたいな人だと思いつつ、身支度をすませて稽古場をあとにした。

「寒っ」

そろそろ本格的に冬の気温になってきたらしく、夜は随分と冷えこむ。ひんやりとした空気が頬《ほお》を包み、ふるりと肩を震わせる。早く電車に乗ってしまおうと駅の方へ足を向け、だがそこにあった人影にぎくりと足を止めた。

「千里」

「江沢さん……」

「よお。稽古、お疲れさん」

「どうして……」

こんな時間に、こんな場所にいるのか。疑問がそのまま顔に出ていたのだろう。江沢が軽く肩を竦《すく》めた。

「リバースにいる知り合いに教えて貰ったんだ。稽古日と、いつも大体帰る時間を。会えるかどうかは賭《かけ》だったが」

「……――」

俯《うつむ》いた千里に、江沢がおいでと手を差し出す。その指先を見つめ、けれど足は縫い止められたようにその場から動かない。従うことも逃げることもできず、唇を噛んだ。

怖がる必要はない。この間話した時は普通だったじゃないか。自分にそう言い聞かせながら、そっと息を吐く。千里自身が、過去の記憶に引きずられて必要以上に警戒心を抱《いだ》いているだけだ。実際に、江沢が千里を殴ったり、そういったことは何もなかったのだから。

「千里？」

「……な、んのご用です、か」

「折角再会できたんだ。久し振りにゆっくり話したいって思ったんだよ。連絡先渡したのにちっとも連絡してこないし。ほら、こっちに来い」

優しげな声で誘われ、肩に手を回される。身体に触れた体温から逃れるように、慌てて身を捩《よじ》った。

「もう遅いですから……帰ります」

「俺とは話したくない、か？　そうやって俺の気持ちも聞かないままで、また昔みたいに逃げるのか」

「……――」

それは、と言いかけて俯いたまま口を噤《つぐ》む。

「あの頃、お前のことを庇《かば》ってやれなかったのは悪かった。俺が口を出したら余計に変な尾ひれがつくと思ったんだ……——なあ、千里」

両腕を摑《つか》まれ、咄嗟《とっさ》に後退《あとずさ》ろうとする。が、強い力に阻まれ身動きがとれない。

「うちの劇団に来ないか？　また昔みたいに……」

「俺は……っ」

言いかけた江沢の言葉を遮る。摑まれた腕を振り払い、拒絶を示した。

「リバースを、やめる気は……ないです」

「千里。俺が、お前のことを必要だって言ってもか？」

「……——っ」

自信に満ちた声に、見えない何かで身体が捉《とら》えられたようだった。昔の自分だったら喜んで戻っただろう。

（でも、今は）

「俺は、リバースでやっていきたいんです。だから……」

一歩下がり江沢から距離をとる。

「どうしても、か」

確かめる言葉に顔を上げ、視線を逸《そ》らさずはっきりと頷《うなず》く。

「すみません。もう、俺のことは放っておいてください」

昔のことを振り払うかのように言い切った千里を、江沢がじっと見つめる。

「じゃあ……――こっちはどうだ？」

低く落とした声とともにこちらに向かって伸ばされた指先が、軽く唇に触れる。それが何を意味するのか。一瞬で理解し、ぐっと拳《こぶし》を握りしめた。どうして今更、と口をついて出そうになった恨み言をこらえて飲み込む。

もう、あんな思いはしたくない。そんな気持ちをこめて、否定のために首を横に振る。

「あの頃のことは……――」

「お前、また女役やるんだってな」

言いかけた言葉を遮られ、すっと周囲の空気が変わった気がした。冷たい気配にひやりとする。笑い混じりの声と、目の前にある――今も脳裏に焼きついている――まるで自分が作った人形を愛《め》でるかのような満足げな瞳。

その瞬間、一気に数年前へと時間が引き戻された気がして、くらりと目眩《めまい》がする。

「ど、して……」

声が震えそうになるのを、どうにかこらえる。

「あの頃より育ちはしたが、今でも霞そっくりで綺麗《きれい》だろうな」

「……姉、さんのことは……もう」

「なあ、千里。俺は本当にお前に戻ってきて欲しいと思ってるんだ。多少、強引なことをしても」

優しげな声の、だが不穏な言葉に眉《まゆ》を顰《ひそ》める。唇から離れた指先が首筋を辿《たど》り、胸元に当てられる。すっと身体を寄せてきた江沢が、耳元で笑い含みに囁《ささや》いた。

「久し振りに会えたんだ。懐かしくて、知り合いの誰かに昔のお前がしてたことをつい喋《しゃべ》ったりするかもしれない。女装して俺のことを追いかけ回してた、ってね」

「……っ、あれ、は」

「俺に頼まれて仕方なく？　女役をやってたお前がそれを言って、誰が信じると思う？」

憧れの人の気をひくために、自ら進んでやっていた。

説得力があるからこそ、昔その噂《うわさ》が広まった時、誰一人疑問に思わなかったんだろう。小さく笑った江沢に、信じられない気持ちで目を見開いた。

「江沢さん……」

「後悔してるんだ。お前が昔姿を消した時――みすみす手放したことを」

「……――っ」

優しげな――どこか慈愛に満ちた表情で低く笑う。

「俺は、今でもお前が可愛くて仕方がないんだ。お前は、あの恰好《かっこう》で大人しく俺の傍《そば》にいればよかったんだよ、千里。望み通りに束縛して、幸せにしてやるのに」

予想外に綺麗に育ったから、今でも十分似合うだろうな。そんなことを言う江沢に、すっと背筋が寒くなったような気がした。

昔は、自分を見てくれていると思って嬉しかったのだ。なのに、今は……。

この場から逃げ出したい。そう思うのに、足が動いてくれない。カタカタと震えそうになる身体を押し止《とど》め、どうやってこの場を切り抜けようかと必死で考える。

「そういえば、お前は見たことなかったよな。ほら、俺が一番気に入ってる写真だ」

スマートフォンを操作した江沢が、画面をこちらに向ける。そこにあった画像に、咄嗟《とっさ》に手が伸びていた。

「……——っ！」

「おっと、やめてくれよ。これ一枚しかないんだ」

「そ、な……いつ……」

「昔、一回だけお前が酒を飲んだことがあっただろう？　あの時にちょっとな。可愛いだろう」

画面を戻し、さっさとスマートフォンを鞄《かばん》の中に仕舞いながら江沢が笑う。江沢が言っているのは恐らく、姉が亡くなってしばらくした頃のことだろう。どこにも心を落ち着けられる場所がなく、また不眠症気味になっていた千里に江沢が酒を飲ませて寝かしつけたことがあったのだ。

飲んだのはほんの少量だったのだが、アルコールに強くないことと普段の寝不足がたたってその場で眠り込んでしまったのだ。

当時は、江沢が両親よりも信頼できる人であったため、安心して眠っていたのだが。まさかこんなことになるとは思わなかった。

たった今見せられた画像は、少女の恰好をした千里がベッドの上で服をはだけさせて寝ているものだった。胸元と脚を大きく剝《む》き出しにしたその姿はしどけなく、また、服から覗《のぞ》いた肌には無数の赤い痣《あざ》がつけられている。

セクシャルな雰囲気を感じさせるそれは、直接的な写真ではないものの、明らかに情事の痕跡《こんせき》が窺《うかが》える。またぼんやりとした表情で瞳を開けているため、どう見ても撮られることを受け入れているように見えた。誰も、本人の知らないところで撮られたものだとは思わないだろう。

そして、全《すべ》てが偽りだと言えないことが余計に千里の言葉を封じてしまう。

「これは俺の一番大事な写真だからな。心配しなくても誰にも見せる気はないよ」

お前が昔みたいに素直に従うなら、だけど。歌うように言った江沢が、さてどうする、と微笑《ほほえ》んできた。

「戻ってくるか、居場所を失うか。あとは……」

「千里君？」

不意に背後から声をかけられ振り返る。そこにいたのは不思議そうな表情の野上で、千里は言葉を失った。

「……──あ」

「じゃあ、今日はこれで。千里、決めたら連絡してくれ──早めにな」

ぽんと肩を叩《たた》かれ、江沢が横を通り抜けていく。野上に愛想よく会釈をして立ち去るのを茫然《ぼうぜん》と見つめていると、野上がこちらを訝《いぶか》しげに見る。

「何かあった？」

「い、え……何も」

顔を覗き込まれ、咄嗟に俯く。動揺する気持ちを無理矢理抑えこみ、ぐっと拳を握りしめた。とにかく今は、野上に知られないようにすることの方が先決だ。

「野上さん、稽古場に用事ですか？」

にこりと笑顔を作って顔を上げる。驚いたように目を瞠《みは》った野上は、笑うことなくこちらを見返していた。

「ああ、メール見てないかな。ちょうど近くにいたから、ご飯でも食べて帰ろうって送ったんだ。返事がなかったから、寄るだけ寄ってみようと思って来てみたんだけど」

「え⁉」

慌てて携帯を取り出せば、確かにメールが届いている。そういえば一度返事を送ってから確認していなかった。

「すみません、気がつかなくて」

「別にいいよ。急に言った俺が悪いんだし。むしろ会えてよかった」

苦笑した野上は、それより、と千里の頬に指を近づける。触れない位置で一度止まり、ちょっとごめんね、と声がかけられた。軽く触れた温かな体温は、先ほど江沢に触れられた時と違いひどく安心できるものだった。

「やっぱり冷たくなってる。今日は疲れてるみたいだし、風邪ひかないうちに早く帰った方がいい」

「……そうします。わざわざ来て頂いたのにすみません」

今は早く一人になりたい。帰ることを勧められほっとしているのに、がっかりしている自分もいる。そのことに戸惑いながら頭を下げた。

「家、確か遠かったんだよね。車があるから送るよ」

「いえ！　大丈夫です、そんなご迷惑は……」

「俺が心配なんだ。送らせて貰えないかな」

ぽんぽんと、頬に触れていた手が撫でるように頭に乗せられる。こちらを覗き込んでいる顔は言葉通り心配そうで、断らなければと思いつつもつい頷いてしまっていた。

一人になりたい――だけど、一人になりたくない。矛盾した感情から目を逸らし、よかったと笑う野上にありがとうございますと礼を言う。心に満ちた不安を決して表に出さないようにと念じながら、千里は強張《こわば》る頬を無理矢理笑みの形にした。

「ここ？」

「はい。あの、ありがとうございました」

家の前で車を停《と》めた野上に、頷いて頭を下げた。シートベルトを外したところで、カチャリと音がする。見れば野上もまたシートベルトを外し、ハンドルに腕をかけてもたれかかるようにしてこちらを見ていた。

「やっぱり聞いていいかな。さっきの、この間店で会った――江沢って人だよね。あの人に何言われたの？」

「え？」

咄嗟に惚《とぼ》けるように返事ができたのは上出来だった。なんでもありませんよ、と苦笑して手を振る。

「別に何も……」

「何もなかった、ね。あの時——君が俺のことに気がつく前、自分がどんな顔してたかわかってる?」

じっと観察するようにこちらを見ている野上に指摘され、言葉に詰まる。

「どんなって……普通ですよ? ちょっとびっくりしてただけで」

笑いながら言うと、ふうん、と全く信じていないような声が返ってきた。

「本当に?」

「本当です」

まさか、何があったかを話すわけにはいかない。他の誰に知られても、野上には知られたくない。言いながら、そんな思いが自分の中にあることを改めて自覚する。これは演技だ。そう思えば、笑顔を作るのはそう苦労しなかった。

「さすが役者、って言うべきなのかな」

ふとそう呟いた野上が、諦《あきら》めたように溜息《ためいき》をつく。

「チサト……千里君、って呼んでもいい?」

不意に本名を呼ばれどきりとする。ぎこちなく頷けば、ありがとうと野上が笑みを浮かべた。少し嬉しそうに見えるのは、自意識過剰だろうか。

「俺ね。最初に賞をとった頃、ファンだっていう子にかなりしつこくつきまとわれたことがあるんだ」

「っ！」

唐突な話に目を見開くと、昔のことだけどとさらりと言われる。

当初、自分が小説を書いていることを言っていなかったこともあり、周囲の反応といえば出版社宛《あて》に送られてくるファンレターか一番の読者である弟の感想だけだった。だが受賞後名前が急速に売れ、雑誌のインタビューで写真が掲載されるようになった頃から身辺が騒がしくなったのだという。

交流が途絶えて久しかった親戚から連絡が入るだけならまだしも、さほど親しくもなかった知人があたかも自分の親友であるかのように全く身に覚えのない噂話を広め、仲の良い友人が心配して連絡をくれたりした。

さらにはデビュー時から熱心にファンレターを送ってくれていた読者の一人が、どうやってか野上の家を調べてつきまとうようになったのだという。最初は声をかけられる程度だったそれが徐々に度を越していき、最終的には警察沙汰《ざた》にまで発展してしまった。どうにか事態は収束したものの、引っ越しは免れなかったらしい。

「それからは、よほどのことがない限り顔出しもしてないし、自分のペンネームも言ってない。普通に本を読んでくれて好きだって言ってくれる人の方が多いことはわかってるけど、基本的に面倒ごとが嫌いだから」

当時、自分だけではなく一緒に暮らしていた弟も随分嫌な思いをしたのだという。最近では、どうしても必要な時以外の顔出しは断っているそうだ。

ならば、どうして自分に朝倉だと名乗ったのか。ふとそこに思い至る。黙っていればわからなかったはずだ。実際、最初に教えて貰ったのは別の著書だった。

「でも、君には知って貰いたかった。……どうしてか、わかる？」

「え？」

突然の問いかけに戸惑う。じっとこちらを見る野上の顔に、笑みはない。静寂に満ちた車内の空気が、とろりと重さを増した気がした。まとわりつくような濃さを伴ったそれに、意識せぬまま鼓動が速くなる。

「わかりません……」

「君と、もっと親しくなりたかったから」

真《ま》っ直《す》ぐに向けられる視線から目が逸らせない。周囲が静かなせいか、どきどきという自身の心臓の音が聞こえてきそうだった。駄目だ、とそう思うのに、目の前の人へ心が傾いていくのが止められない。

誰かに心を預けてしまうのはもうやめると決めたのだ。期待しなければ裏切られることもない。野上の言葉がどういう意図をもったものかはわからないが、表面上の意味以上のものはないのだろうと、勝手に期待しそうになる自分の心を押し止めた。

(俺があの役をやるって言ったから、かな)

千里が最初に渋ったため、気を遣わせているのかもしれない。納得のいく理由を思いつき、きっとそうだろうと確信する。

「君に俺のことを知って欲しいし、俺も君のことが知りたい」

こんなふうに真っ直ぐに言われると、深い意味はないとわかっていても落ち着かない。

「ありがとうございます」

少なくとも、千里が朝倉の本が好きだと知っていてなお教えてくれるくらいには、気に入って貰えているのだろう。それだけで十分だと思いつつはにかんだ。

「……伝わってないかな」

千里の答えを聞き、野上が苦笑する。言われたそれに首を傾《かし》げると、今はいいかとはぐらかされた。ハンドルにもたれかかっていた身体を起こしこちらに向き直ると、真剣な表情で続ける。

「困ってることがあれば力になる。だから……もし何かあったら、一人でなんとかしようとする前に相談して？」

「野上さん……」

「俺は、絶対に君を助けるよ。今は——それだけでも覚えておいて」

するりと伸びてきた指先が、肌を掠《かす》める。そっと頬に掌《てのひら》を当てられ「わかった？」と問われた。こくりと頷いた千里に、野上が優しく微笑む。

胸が苦しい。こんなふうに誰かに言って貰ったことなど、今までなかった。泣きたいような衝動に駆られながらシャツの胸元を握りしめる。

（大丈夫……大丈夫、これで十分だ）

嬉しさと、戸惑いと、自身に対する絶望と。様々な感情が入り混じり、胸が苦しい。思いがけず与えられた甘い優しさ。縋《すが》り付きたくなるようなそれを、数歩下がった場所から羨望《せんぼう》を覚えながら見つめる。

（知られたくない）

過去のことを知れば、野上とてこんなふうに手を差し伸べたことを後悔するだろう。そんなことになるくらいなら、一人でなんとかした方がよほどいい。

気持ちを立て直そうとする端から、頰に当てられた温《ぬく》もりに崩れ落ちそうになる。ここで泣いて頼れたらどれだけいいだろう。鼻の奥がつんと痛み、けれどそれを悟られないように歪《ゆが》みそうになる表情を笑顔に変えた。

「ありがとうございます、嬉しいです」

その表情に何を思ったか、野上はただ黙って真っ直ぐにこちらを見つめている。笑顔の奥を覗き込まれそうなその視線に居たたまれなくなり、俯くようにして視線を逸らした。

「また今度、夕飯に付き合ってくれるかな」

するりと頰から手が離れ、温かかった場所に風が当たりひんやりとする。寂しさを覚えつつ野上の手を無意識に視線で追っていれば、軽い口調でそう告げられた。

「あ……の、でも……」

江沢とのことがある以上、野上とはあまり会わない方がいいかもしれない。もし一緒にいるところにまた鉢合わせたら、迷惑をかけかねない。躊躇《ためら》った千里に、野上が「嫌かな」と幾分悲しげにこちらを窺ってくる。

「最初が最初だったし、嫌がられても仕方ないかな……」

「え!? いえ！ 嫌だなんて全然……っ」

「一人で食事って好きじゃないから原稿やってるとすぐ抜く癖があって……それで、この間体調崩してね。千里君と一緒だと食べようって気になるから、よければ付き合って欲しいんだけど」

「……体調って、大丈夫なんですか？」

「うん、まあもういいけど。編集さんとか高凪にも随分怒られた。どうしても、嫌？」

頼りなげに首を傾げられ、ぐっと言葉に詰まる。決して嫌なわけではない。むしろ嬉しいのに、素直に頷けずに顔を伏せた。

「嫌なわけじゃ……でも、すみませ……」

断ろうとした矢先、そうか、と野上が千里の言葉を遮って笑う。

「なら、よろしくね。待ち合わせするのと稽古場まで迎えに行くの、どっちがいい？」

有無を言わさぬ笑顔に茫然とする。いえ、あの、と口籠《くちご》もっていれば、じゃあ迎えに行こうかと口笛でも吹きそうな調子で続けられた。

「明日、稽古の終わり頃に行くから」

「……あ、あの！　待ち合わせで……お願いします」

稽古場から作家と一緒に連れ立って食事に行くなど、針のムシロ以外の何物でもない。せめてそれだけはやめて欲しいと慌てた千里に、返ってきたのは、わかったという会心の笑顔だった。


「……ストップ！　チサト、台詞《せりふ》！」

「……――っ、すみません！」

ホールに響いた怒鳴り声に、はっと我に返る。立ち稽古の最中、周囲の訝しげな表情に内心臍《ほぞ》を噛み、もう一度お願いしますと腹に力を入れて頭を下げた。

（駄目だ、集中しろ）

稽古中にこれほど集中力を欠いてしまうのは初めてだった。普段は、プライベートで何があっても演技をしている間だけは忘れることができた。違う人間になる、というそれがある種千里の精神的な逃避方法でもあったのだ。

心の奥底にわだかまる不安から意識的に目を逸らし、目蓋《まぶた》を落として深呼吸をする。肩から力を抜いて、これから演じる女性の姿を頭の中に描いてから、すっと目を開いた。

「彼らの最終的な目的は――恐らく、復讐《ふくしゅう》です。私達の一族……いいえ、それはすでにこの国そのものに対してかもしれません」

抜けた台詞を続ければ、一瞬で稽古場に緊張感が戻る。相手役である稔《みのる》もまた、千里の台詞を受けて自然に表情を曇らせた。

「……あいつは、そこまで」

「無理もない、と。そう言われても仕方がありません。伯父達は、兄に対してそれほどのことをしています。でも……」

「あいつだけじゃない。そうされたのは、君もだ」

稔の腕が肩に回され、そっと引き寄せられる。慣れた腕の感触に、だが一瞬だけぎくりと背中を強張らせてしまう。すぐに力を抜きはしたが、稔にはばれたらしくちらりと目配せされた。

「私のことは、兄が護《まも》ってくれました。今はこうして……あなたが傍にいてくれる」

どうして、昔のように一緒にいることができなかったのだろう。どこで道が別たれてしまったのか……。そうなってしまった原因がはっきりしているだけに、どうして、と無知な振りをして問いかけることすらできない。

「違う道を、選んで欲しいのです。たとえそれが私の我儘《わがまま》であっても、これだけは押し通します。だって……」

大切な人なのだ。行先が、誰もが不幸になってしまうとわかっている道など、誰が歩いて欲しいものか。

ふ、と口を閉ざせば「よし、そこまで」と樫谷《かしたに》の声が稽古場に響く。ほっと息を吐けば、肩に回されていた腕が外され、ごんと頭上に拳が落ちてくる。

「痛っ」

「練習中に気ぃ散らすな馬鹿」

「……ごめん」

叩かれた場所を押さえて見上げれば、稔にじろりと睨《にら》まれる。注意はもっともで、反論もせず素直に謝った。

「次、準備しておけ。チサト、ちょっとこい」

「はい！」

他の団員達から離れた場所から、樫谷と高凪に呼ばれる。絞られてこい、と頭上からぼそりと呟かれ眉を下げてそちらへと向かった。

「その顔なら、何を言われるかわかってるな」

「……――はい。すみません」

「稽古中は、稽古に集中しろ。それができないなら最初から出るな。いても邪魔なだけだ」

樫谷から厳しい声で窘《たしな》められ、身の竦む思いで「はい」と答えた。千里自身、稽古中に他のことに気を取られることなど初めてで、自身の弱さに嫌気がさす。

「公演に出られない人間全員が、お前がいる場所を欲しがってるんだ。代わりは幾らでもいる。それを忘れるな」

「はい」

選ばれるということは、そういうことだ。選ばれたことに対して胡座《あぐら》をかいていれば、すぐに蹴落《けお》とされる。言外にそう告げられ、背筋を伸ばしてもう一度頭を下げた。

「今日はもう帰って休め」

最後にそれだけを言い残し、樫谷が他の出演者達のところへ向かう。目を瞠ってその後ろ姿を見送った千里の頭を、一緒にいた高凪がぽんぽんと叩いてくる。

「で、何があった」

「……なんでもないです。ちょっと寝不足だっただけで」

「嘘《うそ》つけ。お前、ここ最近で何キロ減った」

なんでもない振りしてても、見た目はごまかせねえよ。心配そうな表情の高凪に、大丈夫ですと笑ってみせる。

「大学のレポートが重なったから、ちょっと忙しくて」

「前のとこの知り合いに会ったって聞いたが、それじゃないだろうな」

「……違いますよ」

野上が話したのだろう。声を落とし突然切り出されたそれにぎくりとしつつ、殊更《ことさら》なんでもないふうを装って苦笑してみせる。

「江沢って、あそこのオーナーの息子だろう」

「ですけど……あれは、あの時偶然会っただけで」

「野上が、お前のこと心配してたぞ。それでなくてもお前、普段から体調が悪かろうがなんだろうが演技に影響させたことないだろう。樫谷さんも、立場上ああは言ってたが心配してるんだ」

「わかってます……すみません」

このところ鏡をあまり見ないようにしているため千里自身は気づいていなかったが、痩《や》せたと言われることが多くなった。確かに食欲も落ち、夜も眠りが浅くなっていたため、身体によくないことはわかっていたが。

実際、傍から見た千里は、普段から細い体軀《たいく》が一層頼りなさを増していた。Tシャツの中で身体が泳ぎ、ベルトも穴の位置が変わっている。やつれた雰囲気は千里から柔らかさをそげ落とし、精緻《せいち》な人形のような印象を与えていた。

「昔のことが絡むなら言い難いかもしれんが、俺でも稔でも誰でもいいから相談しろ。一人で抱えこむなよ」

はい、と言えば肯定してしまうことになり、かといって高凪の気遣いを無下にすることもできず曖昧《あいまい》に笑うだけに留《とど》める。大丈夫です、ともう一度呟けば、どこか諦めたふうに高凪が溜息をついた。

「そういや、この間、野上に飯作ってやったって？」

「あ、はい。……ごちそうになってばかりで申し訳なかったので」

「久々に美味《うま》い飯が食えたって絶賛してたぞ」

「普通のご飯ですよ。祖母から教えて貰ったから、薄味ですし」

「あいつ、原稿書き始めると生活無茶苦茶になるからな。飯も食わねえし。まあ、その調子でまともなもん食わせてやってくれ」

からからと笑う高凪に笑みを浮かべて返す。

あれから結局、なんだかんだで野上と二回ほど夕飯を一緒に食べに行った。稽古上がりの時間のため夜遅いことが多いが、近場で手頃な値段で美味《おい》しい店を野上はよく知っており、連れて行って貰っていた。

だが付き合わせているのはこっちだからと食事代を払わせて貰えず、申し訳なくなった千里がよければ家に食べに来ないかと誘ったのだ。

『それは嬉しいけど、いいの？』

『味は……好みがあるので、保証はできませんけど。ご迷惑じゃなかったら』

『全然。喜んで行かせて貰うよ』

嬉しそうに笑った野上にほっとしつつ、家に招いて食事を振る舞ったのはつい先日——稽古が夕方までの日だった。家で誰かと食事をするのは久々のことで、ここのところ塞《ふさ》ぎがちだった気分が少し浮上したのは確かだった。

「とりあえず、今日はもう稽古切り上げて帰って寝ろ。一人でもちゃんと飯食えよ」

話の流れから、野上と一緒の時は食べていても、それ以外の時はろくに食べていないのだろうと図星を指される。心配をかけてしまったことにもう一度謝罪し、行けと言われるまま稽古場を抜けた。

「……駄目だなあ」

人気《ひとけ》のない廊下で一人になって、ようやく薄い肩をしょんぼりと落とす。稽古にまで影響させてしまったのは、痛恨の極みだ。最初の頃は稔にすら悟らせていなかったのに、少し洋服が緩くなったような気がした頃から眉を顰められるようになっていた。

『お前、何かあったろ』

相談しろと、そう言ってくれる人達が周囲にいる現状は本当に幸せだ。笑ってなんでもないと言うしかないのが辛《つら》いけれど、気持ちだけは嬉しかった。

（これだけは、自分でなんとかしないと）

下手《へた》をすれば、周りどころか劇団にも迷惑をかけかねない。どうすればいいのかと、考えても答えの出ない迷路をさ迷っている気分で溜息を落とした。

着替えをするために更衣室に行き、ロッカーを開ける。洋服を取り出そうとしてふと手を止め、恐る恐る鞄の中から携帯を取り出す。ロックを外しメールの着信と留守番電話のマークを確認して、ぎくりと手が震えた。

（またきてる……）

受信ボックスを開けば、メールが一通だけ届いていた。電話帳に登録していないため差出人の欄にはメールアドレスが表示されている。見覚えのあるそれは、数日前から毎日届くようになったものだった。

『そろそろ決めたか？　返事を聞かせてくれ』

あっさりとした文面は、いつも通りだ。留守電の方も恐らく似たような内容だろう。メールが一通、留守電が一回。毎日それだけが続けられている。というより、そもそも電話番号もメールアドレスも教えていないのだ。

あれから一週間ほどは江沢に会うこともなく、落ち着かない気分ではあったが、気まぐれないたずらだったのかもしれないという希望を抱き始めていた。けれどそう思ったのも束《つか》の間《ま》、見知らぬ番号から電話がかかってきたのだ。普段ならば出ないそれについ出てしまったのは、別件で電話がかかる予定があったからだった。

『この間の話、ちゃんと考えたか？　返事は、今度の公演前までにな。千里が久々に女役をやるなら、リバースじゃなくてうちでやって欲しいから』

突然江沢から電話がかかった事実と、暗に、次の公演には出るなと告げたその内容に絶句した。少なくとも、江沢のもとに戻る気はないとはっきり言いたかったが、見せられた写真のことを思い出せば喉《のど》の奥に言葉が絡んで出なかった。

どうして電話を、と震えた声でたずねた千里に、江沢は楽しげに笑うだけだった。そういえば、リバースに知り合いがいると言っていた。千里の連絡先を知っている人間はごく限られているが、事務所には極秘扱いで団員の個人情報を書いた書類がある。考えたくはないがそこから漏れたとしか思えなかった。

一番誰にも迷惑をかけずにすむのは、自分が次の公演を降板するかリバースをやめてしまうことだ。公演に穴を空けまいとすれば、できるだけ早い方がいいのはわかっている。

だがそれでも、諦めきれないのは千里の未練だ。

『君にやって欲しいんだ』

そう言ってくれた野上の言葉。最初は再び女役をやることに抵抗があったけれど、演技自体はやはり楽しかった。何より演じても悪意に満ちた笑い声が聞こえなかったことが嬉しかったのだ。

それに、千里の演技が好きだと言ってくれた野上のためにも舞台を成功させたかった。それが自分にできる、精一杯のことだったからだ。

けれど、だからこそ。自分自身が舞台を失敗させてしまってはどうしようもない。

「やっぱり、無理かなあ」

ぽつりと呟いた声はどこまでも空虚で、更衣室の中で静かに響いた。

夜風が身体を冷やしていく。稽古で少し体温が上がっていたのだろう。温めるように腕をさすり暗い夜道を静かに歩いていた。

最寄り駅から家までは徒歩十分といったところか。駅から少し離れており五分くらい歩いたところから住宅街に入るため、環境的には静かな場所だった。

すでに十時を回っているため、道路にはほとんど人気がない。時折、会社帰りらしきスーツ姿の男性を見かけるくらいだ。

背後から千里を追い越していった壮年の男性が、明かりのついた家へと向かっていく。ドアを開けて声をかけているところを見ると、誰かが出迎えたのだろう。優しい光に照らされたそこはとても温かそうで、自然と目が引き寄せられた。

ぱたんという音とともに、外にまで溢《あふ》れていた温かさがドアによって遮られる。途端、現実に戻ったような心地で星空を見上げた。墨を零《こぼ》したような夜の空は冷たいが、無数に広がる小さな明かりに少しだけ慰められる。

「……はあ」

誰かといる時に暗い顔はできず、一人になると反動のように身体が重くなってしまう。肩を落としとぼとぼと歩くその表情は、憂鬱《ゆううつ》さすら浮かべることができなくなったような無機質なものだった。

家の屋根が見えると、ようやく少しだけ息を吐く。誰もいないあの家だけが、今は千里の唯一の安らげる場所だ。半年と少し前までは祖母がいたため、先ほどの家のように玄関にも明かりがともされており、人の気配もあったのだが。

不意に携帯が振動を始め、ぎくりとする。江沢かもしれない。足を止め恐る恐る取り出した携帯の着信画面を見て、ふっと肩の力を抜いた。慌てて通話ボタンを押す。

『千里君？　野上です。遅くにごめんね。今、平気？』

「こんばんは、大丈夫です」

『今日、稽古だったんだろう？　もう家に着いた？』

「もう着くところです」

電話の向こうから聞こえてきた声は、野上のものだ。優しく低いそれに、先ほどまでずっしりとのしかかっていた疲れが軽くなったような気がした。

『そうか。なあ、千里君』

「はい？」

『前に俺が言ったこと、覚えてる？　何かあったら、助けたいって』

「……——あ」

耳元で聞こえる声に、どきりとする。もしかして、今日の稽古について高凪から何か聞いたのだろうか。今週に入ってから——正確には、江沢から連絡が来るようになってからは、大学のレポートが大変だからと極力野上と会わないようにしていた。

野上の方も締め切りが重なっているらしく忙しそうで、会えないことを寂しく思いつつもほっとしていたのだ。

『今から行ってもいいかな』

わずかに落ちた沈黙のあと、野上がぽつりと呟く。

「え？」

『話したいことがあるんだ。すぐ帰るから』

「それは……」

『ごめん、急に。駄目ならまたでいいよ』

少し寂しげな、躊躇《ためら》うような声。さらりと引いたもののどこか真剣なそれに、気がつけば

「わかりました」と答えていた。駄目だと思っていても、会いたいと思う気持ちが止められなかった。

ちょっとだけ。ほんの少しだけ顔が見られればそれでよかった。

『よかった。じゃあ今から行くから。家で待ってて』

優しい声で促され、はい、と頷く。温かなものが胸に満ちて、強張った頬が緩み自然と小さな笑みすら浮かぶ。

(俺……――)

認めては駄目だと思うけれど、この泣きたくなるような気持ちをごまかせそうにはなかった。期待はしない。それでも、と思う。

通話の途切れた携帯を閉じ、どきどきとしながら家への道を急ぐ。あと数メートルで辿り着く。帰ったら、コーヒーを入れる準備でもしておこう。そんなことを思いながら夜道を歩き、ふと視界に入った人影に足を止めた。

「……――な」

門扉《もんぴ》の前に立つ街灯に照らされたその姿は、今最も会いたくない人物のものだった。

「よお、千里。遅かったな」

「……江沢さん」

「電話しても出ないしメールに返信もないし、あんまりお前がつれないから会いに来た」

「ど、して……ここが」

「さあ、どうしてだろうな？」

勝ち誇ったような笑顔で肩を竦めた江沢に、言いようのない恐怖がこみあげる。実家があった場所は知られているが、祖母の家は教えていないのだ。唯一の、そして絶対の逃げ場に戻れない。そんな危機感から、無意識のうちに後退った。

「そんな顔しなくても、今日は顔を見に来ただけだ。それから、少し返事の催促にな。どうするかいい加減決めたか？」

「なんで、こんなこと……」

「だから言っただろう？　俺はお前に戻ってきて欲しいんだ。お前のことが好きなんだよ……千里」

好き、というその二文字に、びくりと肩が震える。以前は鎖のように千里を縛っていたその言葉が、今はなぜか中身のない——ひどく空虚なものに聞こえた。

「江沢さんが好きだったのは姉さんで、俺じゃないでしょう……」

「馬鹿だな、千里。お前だから、じゃないか」

「もう俺は嫌なんです。姉さんの代わりも、あんなことも……っ」

きつく拳を握りしめ、俯いたまま唇を噛みしめる。

昔、まだ江沢を慕っていたあの頃、姉である霞の面影を追っているだけだとわかっていても江沢に優しくして貰えることが嬉しかった。

この人の傍にいられなくなったら、また一人になってしまう。そう思えば怖くて、無茶な要求も嫌だと言えず聞き入れてしまっていた。

馬鹿だったと、今では思う。

『霞……──』

江沢の家で、女物の服を着て黒髪のウィッグを着けて。そうやって恋人の真似事のように過ごす間、千里はずっと姉の名で呼ばれていた。やがてそれはエスカレートし、江沢と会う時、千里は常に女装しているような状態になっていたのだ。

『喋るとどうもな……できるだけ黙っててくれ』

ちょっとしたことでも声を出せば興を削《そ》がれたというふうに顔をしかめられ、江沢の前では喋ることすらできなくなっていった。

実際のところおかしいとは思っていたし、やめなければとも思っていた。それでも恋人のように大切に──必要として貰えることの誘惑には勝てず、江沢の望むまま姉の身代わりを続けていた。

だがその状況が壊れたのは、数ヶ月経《た》った頃だった。最初は部屋の中でだけだったそれが徐々に外に連れ出されるようになってしまったのだ。江沢は千里を自分の彼女として扱い、友人にもそう紹介した。江沢の家へ行く時に普段通りの服装だと、途端に不機嫌になり着替えさせられてしまうことも度々だった。

それでも同じ劇団の人間には一目でばれてしまうことが分かっていたからか、車で遠出をしたりして、近場の鉢合わせしそうなところは避けていた。

その日は、普段通りの稽古日だった。二日後には公演が始まるという時期で、実際の会場で舞台稽古が行われていた。その時も千里は中学生の少女役となっており、衣装である制服を身につけたまま江沢を呼ぶように言われ探していたのだ。

『ねえ、ちょっと……嫌よ、こんなところで』

人気のない廊下を通りかかった時、不意に聞こえてきた微《かす》かな笑い混じりの声に千里はぴたりと足を止めた。聞き覚えのあるそれは、あるベテラン女優のものだった。悠の出身で、すでに独立しドラマや映画などに数多く出演していたその女優は、その公演の客演であり目玉でもあった。

甘えた響きのある艶《なま》めかしい声に、ぞわりと鳥肌が立った。何をしているのか見ていなくても想像がついたのは——身に覚えがあったからだ。

姉の身代わりになっている時、江沢はよく千里にキスをした。唇や、首筋、脚……身体中の至るところに。一箇所だけ、千里が男であるという証《あかし》を除いて。

そこだけは、見れば夢が覚めるとでも言うように決して露《あら》わにさせなかった。スカートをたくし上げ、ぎりぎりまではだけさせることはあっても、だ。そのことが、江沢が必要としているのが千里自身ではないという事実を知らしめているようで悲しく、だが同時に、決定的な罪を犯さずにすんでいるという安堵《あんど》も感じていた。

江沢に触れられている時の自身の嬌態《きょうたい》を思い起こさせるようなそれが気まずく、立ち去ろうと踵《きびす》を返そうとした、その時。

『大丈夫だよ。誰も来ないって……』

続けて聞こえた声に、千里は驚愕《きょうがく》して目を見開いた。頭を殴られたようなショックで、息ができなくなった。それは間違えようもない——よく知っている、千里を霞と呼ぶ時と同じ江沢の声だったのだ。

『ねえ、あなた千里に女装させて連れ歩いてるって、本当？　この間、他の子が見たって言ってたけど』

『あれは、練習に付き合ってるだけだよ。懐いてくるから面倒見てたら、女装した状態で一緒に出かけたいってうるさくて。俺だっていい加減迷惑してるんだ』

『なあに、あの子のあれ、もしかして趣味なの？』

『じゃねえの？　女の恰好して、いっちょまえに誘ってくるから笑えるよ』

『やだ、あの子そっちなの？　大人しそうな顔してるのに……』

嘲笑《ちょうしょう》混じりの笑いと、侮蔑《ぶべつ》の籠もった声。がくがくと膝《ひざ》が震え、その場に崩れ落ちそうになってしまった。

どうにかしてその場を立ち去ったあと、千里はどうやってその公演を乗り切ったのかよく覚えていない。だが、公演後の稽古――正確には公演中から、団員達から奇妙な視線が向けられるようになっていた。

そうしたのが、あの女優だったのか江沢だったのか。それはわからない。だがいつの間にか劇団内に、千里は女装が趣味であり男が好きで――江沢に恋人にして欲しいと付き纏《まと》っているという噂が広がっていたのだ。

それ以降の稽古は散々だった。千里が演技をする度にさざめくようにおこる、嘲笑めいた笑い声。陰湿なイジメに似た嫌がらせや、軽蔑するような視線。言葉。みな、表だっては何も言わないものの、奇異な存在として見られているのを肌で感じていた。

そして女役をやっていたせいか、その噂を信じなかった人間は誰もいなかった。当然のように、ああやっぱり、という視線を向けてきたのだ。

江沢はそんな千里を放置した。噂を否定することもなく広がるに任せ、劇団内では必要以上に千里には近づこうとしなかった。そのくせプライベートでは、いつも通りに女装させようとするのだ。

その時になってようやく、江沢にとっての自分がどういうものだったのか、というものをまざまざと見せつけられた気がした。

それから千里は江沢の誘いを無視し、プライベートで会うことを拒否した。ほどなく両親の離婚が決まり、それを口実に劇団をやめ祖母の家に引っ越したことで、完全に縁は切れたと思っていたのだ。

事実、江沢はそれ以上千里を探そうとはしていなかったようだし、偶然会わなければ見向きもしなかっただろう。

（それが、どうして今になって……）

「この間も言ったが、噂が流れた時に庇ってやれなかったのは悪かったよ。オーナーの息子って立場じゃ難しかったんだ。誰か一人に肩入れするわけにもいかなかったしな」

「それは……、それにあの頃、江沢さんには恋人が……」

噂を広めたのは、江沢自身ではないのか。さすがに確証はないためその言葉は飲み込み、代わりに女優との関係を知っていたことを告げる。

「恋人？」

不思議そうな顔で首を傾げた江沢が、ふと、何かを思いついたような表情をする。

「お前、もしかしてそれ、土岐《とき》あかねのことか？」

「……——」

たった今脳裏に蘇った女優の名を告げられ、唇を噛む。あの時のことは思い出したくない記憶で、テレビでその女優の姿を見るだけで番組を変えてしまうほどだった。

「なんだ。お前それを知って、劇団をやめたのか？」

「聞いたんです。貴方《あなた》が、あの人と話してるのを……俺に、付き纏われてるって」

さすがにそれは予想外のことだったのか、江沢が軽く目を瞠る。だがすぐに仕方がないなといったふうに笑う。まるでこちらが聞き分けのないことを言っているような雰囲気がそこにはあった。

「そりゃ、あの頃あの人に逆らえば、あっという間に仕事を干されてたからな。機嫌を損ねないように話を合わせただけだ。この世界、長いものに巻かれた方がいい時があることくらい、お前だってわかるだろう？」

「やめてください。俺は、もう……」

「他に好きなやつがいる、か？」

言葉尻をとられ続けられたそれに、気がつけばきっぱりと違いますと答えていた。

「誰も、好きじゃありません。そんなことじゃなく、俺は普通に、リバースで役者をしたいだけです」

「朝倉孝司《こうじ》」

その名に、背筋がぞわりとする。かろうじて表情だけは変えずにすんだはずだ。その証拠に、思ったよりも反応がなかったことが面白くなかったのだろう。つまらなそうに江沢が鼻を鳴らす。

「隠しても無駄だ。この間も稽古場まで来てたし、随分仲がいいみたいじゃないか」

「……――」

「あの高凪恭司《きょうじ》もたらしこんでるんだろう？　よかったな、有名人に可愛がられて」

びくりと肩が震える。目の前を見れば、いつの間にか近づいてきていた江沢に腕を取られた。ぐいと引き寄せられ、背中に腕を回される。

「やめ……っ！」

顎《あご》を取られ上向かされると、そのまま唇が塞がれる。驚愕に目を見開き、ぐいと腕を伸ばして身体を押しやった。唇に触れた、濡《ぬ》れた温かい感触。覚えのあるそれは、けれど昔のような高揚をもたらすものではなかった。

身体を離そうとするが、腕を掴む力は強く振り解《ほど》けない。やがて、再び顔を近づけてきた江沢が耳元で笑った。

「どっちが本命かは知らないが、お前は俺のものだ。今度の公演前までに戻ってこないなら……そうだな、朝倉と高凪の両方にあの写真を送ってやろうか。それともゴシップ雑誌にでも送って、どっちかの男の恋人だとでも言っておいた方がいいかな。話題性は十分だ。放っておけば証拠写真くらいすぐ撮ってきそうじゃないか？」

「……っ、そんなの誰が信じると……！」

「お前が傍にいて舞台で女役をやりゃあ、それなりに信憑性《しんぴょうせい》があるんじゃないか？　朝倉もそのうちリバースの本を書く予定があるんだろう？　どちらにせよ、噂さえ広まればあとは勝手に外野が話を作ってくれるさ。二人とも有名だからな。妬《ねた》んでるやつも多いだろう」

その時は一番手段を選ばなそうな出版社を選んでやるよ。勝ち誇ったように江沢が笑う。口ぶりから、次回公演の台本を書く野上と朝倉孝司とが同一人物であるということはまだ知られていなさそうで、それだけは内心でほっとした。

「……——」

「楽しみだな、千里」

摑まれていた腕がほどかれ、距離をとろうと後退る。楽しげにこちらを見下ろす江沢を、拳を握りしめて睨みつけた。

「さて、じゃあ今日は帰ろうかな。返事、待ってるよ」

軽く手を振り、夜道を去っていく。視界から江沢の後ろ姿が消えてしまうまで、その場を動けず立ち尽くした。

(なんで……どうして)

こんなことになったのか。絶望的な気分で地面を見つめる。

「……——み、さ……」

思わず呟きそうになった声を、ぐっと飲み込む。ふと車のライトに照らされ顔を上げた。見覚えのある車は野上のもので、まぶしさに顔を背ける振りをして表情を取り繕う。そのまま千里の家の横に車をつけた野上が、運転席から降りてきて驚いたように目を瞠った。

「千里君、もしかしてずっと外にいたの？」

「あ、いえ……ちょっと……ええと、星を見てました」

咄嗟に誤魔化す言葉が出てこず言い淀《よど》み、帰り道に見上げた夜空を思い出した。千里が指差したそれを追うように見上げ、ああ、と野上が感嘆の声を上げる。

「今日は晴れてるから、星がよく見えるね」

「だから、つい見惚《みと》れてて」

「でも、こんなところで立ってたら風邪ひくよ。稽古も忙しくなってるんだから、体調管理はちゃんとしないと」

「すみません。それで、お話って……」

「うん。あー、でもそれより一回家に入った方がいい」

随分冷えてる、と千里の肩に手を置いた野上が眉を顰めた。促されて家の中に向かいながら、自分の手がかたかたと震えていたことにようやく気づく。

寒さばかりではないであろうそれに、ぎゅっと拳を握る。背中に当たる野上の体温が心強く、けれど切ない。

リビングに行き暖房を入れると、ソファに座るように言われる。客である野上を放って一人で座ることに躊躇《ちゅうちょ》する間もなく、背中を押され有無を言わさず座らされてしまった。ふわりと肩に温かな感触がし、見れば、野上が着ていたジャケットを千里の肩にかけてくれていた。

「本当は先にお風呂に入った方がいいんだけど……ちょっと、勝手させて貰っていいかな。お茶入れさせて？」

「え！　そんな、俺が……」

「手、震えてるだろう。他のものには触らないから」

冷たくなった手を温めるようにぎゅっと握られ、待っててと言い残して野上が台所に向かう。そんな野上の背を視線で追い、ソファの上で膝を抱えた。

肩にかけられたジャケットからふわりと漂う、爽《さわ》やかな香り。優しい温かさに包まれているようで、ささくれだった心が少しだけ緩む。今ここに野上がいてくれることに安堵を覚えつつも、これ以上近づいてはいけないと心の中で自戒する。

膝に顔を埋《うず》め表情を隠していると、不意に頭の上に掌が乗せられる。くしゃりと優しく髪の毛を撫でられ、どきりとしながら顔を上げると野上にマグカップを差し出された。

「はい、これ飲んで。カップ熱いから気をつけて」

「すみません……ありがとうございます」

カップの中身は常備しているほうじ茶で、慣れた香りが鼻腔《びこう》をくすぐる。カップを両手で包み掌を温めると、ゆっくりと口に運んだ。いつも飲んでいるお茶なのにとても美味しく感じられるのは、身体が冷え切っていたせいか——久し振りに誰かに入れて貰ったからか。

ふと見れば、野上はリビングの窓から庭を眺めていた。前回来た時も、祖母が丹精こめて手入れしていたこの庭を絶賛してくれていたのだ。イングリッシュガーデンを思わせる庭は祖父の母親が英国出身なことに起因するらしい。千里の色素の薄い髪や瞳の色は、この曾祖《そうそ》母《ぼ》譲りなのだと教えて貰った。逆に、姉の霞は艶やかな黒髪だった。

祖父と二人で作ったのだというこの庭は、四季により様々に表情を変える。少し前までは金木犀《きんもくせい》が咲いており、甘い香りが満ちていた。手入れは大変だけれども、この家で暮らし始めてから祖母に色々と教えて貰った。さすがに祖母のように上手《うま》くはいかず枯らしてしまったものもあるけれど、自分にできる限りのことはしているし、祖母と懇意にしていた庭師の老人が時折手入れを手伝ってくれている。

長年両親や姉と暮らした場所ではなく、この家こそが、千里にとっては実家のようなものだと思っていた。

「やっぱり素敵だね。この庭」

「ありがとうございます」

「今度、こんな庭がある家の話を書きたいと思ってるんだ。よかったら、モデルにさせて貰っていいかな」

「もちろんです。先生のお役に立てるなら、嬉しいです」

にこりと笑ってみせると、なぜか野上がちらりと苦笑する。そういえばこうやって気安くさせて貰っているけれど、本来野上はおいそれと話ができる人ではないのだ。江沢に言われたことで改めてそれを認識してしまい、ほんの少し離れたこの距離がとても遠いものに思えてしまう。

「ここ、お祖母様《ばあ》の家だったっけ」

「はい。庭も、祖父と一緒に作ったそうです。……本当は」

昔のことを思い出してぽつりと呟き、だがすぐに口を閉ざす。目線で野上に促され、苦笑とともに続けた。

「本当は……祖母からは、自分がいなくなったら家は処分しろと言われていたんです」

「そうなの？」

「庭の手入れも家の管理も、それなりに手間がかかりますし。自分が好きでやっていたことを残った人間に押しつけたくはないからって」

「お祖母様は……」

やや言い難そうに聞いた野上に、大丈夫だと言うように胸の痛みとともに笑ってみせる。

「半年前に病気で。でも俺ここが好きなので。大学卒業まではってことで、このままにさせて貰いました」

「卒業まで？」

「今、ここの名義は父親なんです。だから我が儘も通して貰えましたが……維持するにも色々お金がかかりますし。そのあとは売ってしまうそうです」

「……そうか」

顔を曇らせた野上に、変な話をしてすみませんと謝る。しんと落ちた沈黙の中で、ゆっくりとほうじ茶を口に運ぶ。

「千里君は、お祖母様とこの家が本当に好きなんだね」

「……はい」

「お祖母様は、幸せだね。自分が好きだったものをこうして大切にしてくれる人がいて」

庭を眺めながら何気なく言われた言葉に、ずきりと胸が痛む。幸せ、だったのだろうか。

そんなことをぼんやりと考え、ふと、視界がぼやけた。

「千里君?」

驚いたような声とともに、野上が窓から離れこちらに向かってくる。慌てた様子で千里の顔を覗き込んでくると、目元に指を伸ばされた。

「大丈夫?」

心配そうに言われたそれと目元を拭われたことで、ようやくぼやけた視界の意味を悟る。瞬《まばた》きをすると、目尻に溜《た》まっていた涙がすっと頬を伝って流れ落ちた。

「あ……いえ、すみません。なんだろう。なんでもないです」

祖母と暮らした時間。人生の中で唯一、一人じゃないと実感できたあの頃が千里にとっては一番幸せだった。懐かしさと言いしれぬ寂寥《せきりょう》感。同時に、そういえば祖母が亡くなってから初めて涙を流したということに気がついた。

『あんたがついてて、どうしてこんなことになったの』

千里が大学に行っている間に、祖母は家で倒れて亡くなった。見つけたのは隣家の茅ヶ崎《ちがさき》――稔の母親で、すぐに救急車を呼んでくれたものの手遅れだった。

元気だった祖母の突然の死に、親戚の誰もが驚き一緒に住んでいた千里に冷たい目を向けた。子供だから祖母を気遣ってやることもできなかったのだろう。そんなふうに小声で言われているのを、千里は再び大切な人を失った喪失感と何もできなかったことへの後悔を抱えたまま聞き流すしかなかった。

いっそ、傍目《はため》に悲しいのだとはっきりわかるように泣ければよかったのに。胸に広がるのは空虚さだけで、姉の時と同じ、涙は全くでなかった。

『一緒に暮らしてたのに、泣きもしないなんて。悲しくないのかしら。おばあちゃんがかわいそう』

『世話になってたくせに、役者なんてやってたんでしょう？　しかもああいうのって、お金かかるっていうじゃない。引き取っても役に立たない上に面倒ばっかり増えたんじゃ、割に合わないわよね』

口々に交わされる陰口は、もはや隠す気もないというように千里の耳に入ってきた。もちろん全員がそうだったわけではないが、逆に庇ってくれる人もいなかった。

どうして泣けないのか。自分は、もしかしたらひどく冷たい人間なのかもしれない。そんなことすら思っていただけに、膝に落ちた自身の涙を見ながら、ちゃんと悲しかったのだとほっとしたような気分だった。

(それに……)

祖母が幸せだったと、そう言ってくれたのは野上が初めてだった。自分が幸せだった分、何かを返せていたのだろうか。そう思った瞬間、なぜか涙が零れていたのだ。

(これ以上、迷惑をかけるわけにはいかない……)

劇団も、少なくとも降板するかいっそやめてしまった方がいいだろう。万が一にでも迷惑をかけるわけにはいかないし、今度の公演は絶対に成功させたかった。たとえ千里が演じなくとも。

江沢のところに戻る気はなく、もしそのことで野上に昔のことが知られてしまえば軽蔑されるかもしれない。だから、野上と個人的に会うのもこれで最後にしようと心に決める。

「すみませ……え?」

持っていたカップをとられ、ことりとテーブルの上に置く音がする。同時に、ふわりと身体が温かいものに包まれた。気がつけば、頬が野上の胸に当たっている。茫然と自分が今どうなっているのかを理解し狼狽《うろた》えた。

「の、がみさ……？」

「ごめん、いきなり。嫌だったら突き飛ばしていいから。……そうじゃなければ、このまま聞いて欲しい」

隣に座った野上に引き寄せられ、抱き締められている。触れあった場所から野上の少し速い鼓動が聞こえてくる。身動《みじろ》ぎ一つできないまま硬直していると、頭上から聞こえる声が触れた場所から直接伝わってくる。

「好きだ」

「……――っ」

きっぱりと、迷いのない言葉に息を呑む。身体に回された腕に力がこもり、反射的にびくりと震えた。

「……な、に」

何を言っているのか。男同士なのに、そんなことを言われても。そんな言葉を返さなければならないことは分かっているのに、口の中が干上がってしまったように声が出ない。

「そんな……寂しいのにそれが当たり前だって諦めてるような顔はさせたくない。俺に、君を護らせて欲しい」

駄目だ。それ以上は、言わないで欲しい。そうとは言えないまま、きつく目を閉じてかぶりを振る。胸が引き絞られるように痛い。喜びよりも、差し出されたそれを自ら撥《は》ねつけなければならない絶望感の方が強かった。

ふっと緩んだ腕にほっとした瞬間、頭上から影が差す。つられるように顔を上げると、頬に優しい掌が触れた。

「……——っ」

頭の中が真っ白になる。何も考えられず、ただ息苦しさと驚愕に目を瞠ることしかできなかった。だらりと下がった腕は、縋ることも押し返すこともできず動かない。

視界がぼやける。柔らかく、温かい——唇の感触。わずかに離れ、角度を変えてもう一度それが自身の唇を塞いだ途端、千里は今自分がどういう状況に陥っているのかを理解した。

「……っん」

キスをされている。逃げるだけの余裕を与えられたそれは、優しく、千里が身を引けばすぐに外れてしまう程度のものだ。摑まれている腕にも、力はほとんど入っていない。

(駄目だ……)

そう思うのに、身体は動かない。触れた温もりに嫌悪感はなく、むしろ奇妙なほどの安堵と心地好《よ》さがあった。このままこの胸に全てを預けられたらどんなに幸せだろう。

野上のことが好きなのだと、高鳴る鼓動が訴えている。

幾度も離れては繰り返される口づけを、いつの間にか目を閉じて受け入れている自分がいた。目の前の身体に縋ろうと、無意識のうちに腕があがる。

だがその手が野上の身体に触れる寸前、唇がそっと濡れたもので辿られた。閉ざされたそこを促すような優しく――けれど生々しい感触。官能に繋《つな》がるそれは、千里の意識を一気に現実のものへと引き戻した。

「……――っ！」

わずかに身体を引き、唇をほどく。そのまま俯いて顔を歪めた。

「千里、君？」

戸惑い混じりの野上の声。掠れた音に、明らかに嫌悪ではない、むしろ腰が疼《うず》くような感覚を覚えて唇を噛む。

優しくされて舞い上がって。そうやって失敗したあの時、もうあんな思いはしたくないと思ったのに。自己嫌悪に駆られながら、自身の心の弱さを踏みつけたくなる。

好きになどなりたくなかった。そうすれば、こんなふうに痛みを覚えることもなかった。

それに、どのみちこの手を取るわけにはいかないのだ。

ついさっき江沢から向けられた言葉と、過去の写真。

絶対に知られたくない。野上を巻きこみたくない。こんなふうに優しくして貰えたからこそ、あとで後悔されるのが辛かった。

「ごめ……なさい」

震えそうになる声で言いながら野上の身体を押し返す。一瞬躊躇うように腕に力をこめた野上が、だがすぐに解放してくれる。そのことに寂しさを覚えつつも、ごめんなさい、と俯いたまま今度はきっぱりと告げた。

「……――好きな人が、いるんです」

野上のことを、嘘でも嫌いだとは言いたくなかった。なんと言い訳しようかと考えていれば、ぽろりとそんな言葉が零れ落ちた。キスを拒まなかった千里がそう言って、信じて貰えるかどうか。ちらりとそう思ったが、一度出た言葉を消すことはできない。

（でも……）

好きな人。目の前にいる人。嘘ではないそれに、野上はつと眉を寄せた。

「誰か、聞いてもいいかな」

「野上さんの知らない人です。少し意地が悪いけど……優しい人で。ずっと憧れてて」

憧れていた人だと知った時は、驚いたし嬉しかった。けれどその頃には、野上祐成《ゆうせい》という人に惹《ひ》かれていたから、小説家の朝倉として意識することはそう多くなかった。

「その人が……好きなんです」

野上の目を見られないまま、絞り出すように声を出す。震えそうになる手をこらえながら部屋に落ちた沈黙に押し潰《つぶ》されそうになってしまう。

どのくらいそうしていたか、頭上から諦めたような溜息が落ちてくる。びくっと震えた身体を宥《なだ》めるように、ぽんぽんと腕を叩かれ、こっちこそごめんと苦笑混じりの声が聞こえてきた。

「……――とりあえず、今日はこれで失礼するよ。早くあったまって休んだ方がいい」

風邪ひかないようにね、と優しい声とともに野上がソファから立ち上がる。反射的に肩にかけられたジャケットの襟を握り、それが野上のものだったと思い出す。慌てて脱ぐと、軽く畳んで「すみません」と差し出した。

俯いた顔を上げられないままじっとしていると、ジャケットを受け取った野上から最後に優しくくしゃりと髪を掻《か》き回される。そのまま気配が去っていく間、失礼だとわかっていてもソファから動くことができなかった。

玄関のドアが閉まる音。それに続いて車のエンジン音が遠のいた瞬間、こらえていたものが一気に喉奥からせり上がってきた。

「……――っ」

嗚咽《おえつ》をこらえるように、ぐっと奥歯を嚙みしめる。

どうして今だったのか。もう少し早くこの時が訪れていたら、もっと違う選択ができたかもしれないのに。

好きだと言って貰えた。それだけで身体中が歓喜に震えた。姉でもなく誰でもなく。自分を見て選んで貰えたというその事実が泣きたいほど嬉しかった。

『あの子に――霞に似てるから、余計に顔を見たくないのよ……っ』

母親の苦しげな声が、今も耳から離れない。虐《しいた》げられたわけでも詰《なじ》られたわけでもない。ただ、偶然聞いてしまったのだ。姉がいなくなってから千里の顔をまともに見ようとしなかった母親が、喧嘩《けんか》中に父親に対して投げつけた言葉を。

元々、演劇に憧れていたのは霞の方だったのだと。霞自身は、自分ができなかった夢を千里が叶《かな》えてくれたと喜んでいたけれどそれが不憫《ふびん》でならなかった。霞があの子に好きなことをやらせてあげて欲しいと言わなければ、絶対に反対したのにと。

だから千里が舞台に立つ時、母親が観《み》に来ようとしなかったのかと、そこでようやく理解した。千里が役者になることで心から喜んでくれていたのは姉だけだったのだ。

『自分の姉さんがいなくなったっていうのに、泣きもしないのよあの子。平然と演劇も続けて……恩を仇《あだ》で返してるようなものじゃない』

千里にしてみれば、姉が頑張れと言ってくれたからこそ続けていたのだ。どこかで見ていてくれると、そう思って。

全ては裏目に出ていたのだ。千里の気持ちと周囲の気持ちは全く正反対の場所にあった。面と向かって言わなかったのは、一度言ってしまえば詰るのを止められないからだったのだろう。隠された母親の本音は、千里にとって深く消えない傷となったのだ。

「馬鹿だなあ……」

自分自身に向けて、自嘲とともに呟く。こうなってしまったのも、身から出た錆《さび》だ。寂しかったあの頃、構って貰えるからという安直な理由で姉の身代わりをしてしまったからこんなことになったのだ。誰も、誰かの代わりになることなどできない。そんなことは、身をもって知っていたのに。

だから罰《ばち》が当たった。一番大切なものを、掴むことができなくなってしまったのだ。

「……馬鹿、だなあ」

涙に濡れた声は、静かに、そして寂しく。暖かいけれどどこまでも冷たい部屋の中にぽつりと落ちた。

翌日と翌々日の稽古は出演者のスケジュールが合わず休みとなり、三日後に久々に稽古場へと向かった千里は、いつになくざわついた雰囲気に首を傾げた。

二日間ひたすら考え続け、ようやく退団することを決心した。樫谷と高凪にそのことを話そうと早めに稽古場を訪れたのだが、いつになく人がいるため、しまったなと心の中で呟いた。人がいる場所では言い難く、どこかで時間を取って貰おうと溜息をつく。

廊下を進み更衣室に向かう前に事務室に向かう。と、顔見知りの事務スタッフと鉢合わせ樫谷が稽古用のホールにいることを聞いた。

「行ったら驚くよ」

楽しげに言われ不思議に思いながら行くと、稽古用のホールにはすでに幾人かが入っていた。樫谷と、そしてもう一人、細身の青年の姿がある。

「あ……」

見覚えのあるその人物は、佐和真紘《さわまひろ》という名前で高凪とともにリバースの看板役者だった青年だ。以前、野上からも知り合いだと聞いたことがある。現在渡米して海外の映画などに出演しており、千里が入団してからは一度も姿を見せていなかった。退団したとの噂もあったが、まだ籍はあったらしい。

「佐和さん！　戻ってきたんですか！」

「うん。あっちの仕事も一段落したし、本格的に日本に戻ることになったから」

ふわりと微笑んだ佐和は、それだけでうっとりと見惚れるような華があった。さらさらとした黒髪は癖がなく、細面《ほそおもて》の顔に綺麗にかかっている。優しい雰囲気で、けれどどんな役でも演じられるその演技力は高く評価されている。

「そういえば。今度の公演、男女の双子やる子がいるんだろう？」

ホールに入った途端聞こえてきた台詞に、ぎくりと足を止める。

「ああ、チサト。ちょうどいい、おいで」

目ざとく千里を見つけた樫谷に手招かれ、ホールの中の団員の視線がこちらに集まる。居たたまれない気分で、樫谷と佐和のもとへと向かった。

「チサトだ。チサト、こっちは佐和真紘。お前は初めてだよな」

「はい……チサトです。初めまして、よろしくお願いします」

頭を下げた千里に、よろしくと佐和が笑う。だがすぐに、軽く眉を顰めた。

「……なんか、体調悪そうだけど。大丈夫？」

「大丈夫です。すみません」

役者は体調管理も義務となる。周囲に痩せたと散々言われる現状では注意されても仕方がないと頭を下げると、佐和が再び続けた。

「野上が本書くって聞いたから、絶対観ないとって思って。知ってればもっと早く帰ってきたのに。面白そうだし出たかったなあ」

笑いながらのそれに、弾《はじ》かれたように顔を上げる。千里の反応に「何？」と佐和がこちらを向く。ある考えが千里の中に浮かび、それを誤魔化すようにすでに知っていることを改めて尋ねた。

「あ、いえ。野上さんのこと、ご存知なんですか？」

「うん、昔からね。確か俺も、あいつの本で昔一回やったなあ女役。やってくれってごり押しされて仕方なく。でもあれ、案外楽しかったんだよね。今回のも楽しみにしてるよ」

邪気のない笑顔で言われ、思わず顔が引き攣《つ》りそうになる。はい、とも、頑張りますとも言えずに笑顔で頷き、だがどうしようもない落胆が肩にのしかかっていた。

（ああ、もしかして……）

「あー！　そうだ。確か野上さんて、佐和さんが出る時毎回必ず観に来てた人じゃないですか？　俺、どっかで見たことがあるってずーっと思ってたんですよ」

千里の考えを肯定するような古株の団員の問いに、佐和が笑って頷く。

「よく覚えてたね。あれは……」

「お？　なんだ、佐和。もう来てたのか」

「来てたよ。久し振り」

佐和の言葉を、ホールに入ってきた高凪の声が遮る。よお、と気軽に手を挙げた高凪を、なぜか佐和は少し不機嫌そうな顔で見遣《みや》った。

「あ、の……樫谷さん、すみません。少しお話いいですか……」

佐和の意識が高凪の方へ向かった隙《すき》を狙《ねら》って、樫谷に小声で告げる。一瞬不思議そうな顔をされたが、千里の表情に何を思ったのかわかったといつもの声で頷いた。そのまま、ストレッチを始めていた名波《ななみ》にいつも通りに始めてくれと声をかける。

「佐和、久し振りに来たんだ。少し稽古を見てやっててくれ。高凪、お前はこっちに来い」

「了解です。じゃあまたあとでね、チサト君」

にこりと微笑まれ、ぎこちなく笑みを返しながら会釈をする。

もしかしたら野上にとっても、自分は佐和の代わりだったのかもしれない。そんな思いが胸を過《よ》ぎる。この舞台も、もしも佐和がいれば役は回ってこず、野上も自分に頼もうとは思わなかったかもしれない。

（でも……）

好きだと言って貰えたあの言葉だけは、自分に向けられたものだと信じたかった。

事務室の奥にある応接室に通され、樫谷がソファに座る。向かい側に座るように言われ腰を下ろすと、高瓜が樫谷の斜め後ろに立った。

二人に対して言ってしまえば、もう後戻りはできない。佐和という、ある意味千里の代わりをこなせる役者も戻ってきた。ならば、今千里がここを去ったとして困る理由は何もなくなる。リバースが千里にとって大切な場所であったからこそ、妙なことで迷惑をかけるようなことはしたくなかった。

未練を断ち切るように、嫌がる気持ちをねじ伏せて息を吸う。

「……退団、させてください」

「おい、チサト⁉」

たったひと言が、恐ろしく重かった。驚いた高瓜とは対照的に、樫谷はどっしりと落ち着いている。真っ直ぐに千里の顔を見つめ、そして少しの沈黙のあと口を開いた。

「理由は？」

「将来の、ことを。考えて……決めました」

「今、この時期に？　次の公演が終わってからでも遅くないと思うが」

暗に、今やっている役を放り出すのかと言われ俯く。自分とて、こんな中途半端な形でやめたくはなかった。せめて、野上に貰ったこの役だけはきちんとやりたかった。

だが、それでも。江沢をどうにもできない以上、全てを捨てるしか道は残されていない。

「なあ、チサト」

不意に、樫谷が溜息混じりの声を落とす。

「お前がうちに入ってそう年数は経っていないが、お前の性格は把握しているつもりだ。将来のことを考えて決めたならいい。だが、それだけか？」

「……――」

「もう少し頭を冷やして考えろ。この話は一旦《いったん》保留だ。練習に行け」

「待ってください、それじゃ……っ」

腰を浮かせた千里をそのままに、樫谷が立ち上がり応接室を出て行く。あとに残された千里は茫然として再び腰を下ろす。その様子を見ていた高凪が、ったく、と苛立《いらだ》ったように呟いた。

「お前は全く……本当に突拍子がないな」

「すみません、でも……」

「顔はいつもどおりぽやぽや笑ってるくせに、んな骨が浮くくらい痩せて、何もねえって思う方が無理だろ。顔より身体の方が正直だな。お前つくづく役者向きだ」

皮肉げに言われ、身を縮める。目を落とした手首は、最初に江沢と会った頃から徐々に細くなっていた。あえて気にしないようにしていたが、ズボンも緩くなりベルトでどうにか押さえている状態だった。

「稔のやつも、顔には出さないが心配してる。野上もな……どうやったらお前が話してくれるかって、へこんでたぞ」

「……――野上、さんが？」

「あいつ、お前のことは随分気に入ってるからな。演技もべた褒めだったし」

「それは、でも……」

佐和の演技が好きだったのなら、その足下にも及ばないような自分の演技がそこまで褒めて貰えるものだとは思えなかった。少なくとも、半分は社交辞令だろう。

「とにかく、何があったか話せ。一人で抱え込んでも仕方がないだろう。将来のことを考えてやめるってんなら、それが片付いてからもう一回考えろ」

そう促す高凪に、だが結局言えないまま、千里は沈黙を守るしかなかった。

大学の構内をぼんやりと歩きながら、千里は鞄から携帯を取り出し溜息をついた。着信を知らせる表示は、メールと留守番電話が数件ずつ。稔と江沢——そして野上からのものだ。先日会って以降、千里はあからさまに野上を避けていた。電話はとらず、メールも返信していない。何を話せばいいかわからないというのが第一で、あとは、話せば頼りたくなってしまうからだ。

その後一週間経っても、状況は何も変わっていなかった。どうにかしなければと気持ちだけが焦り、対応策は何も浮かばない。一人で考えるには限界があるけれど、誰に相談することもできない。いっそ稔には全て打ち明けてしまおうかとも思ったが、年明けから大きな映画の仕事が控えており、巻きこんで被害が及んでしまえばと思うとそれも躊躇われた。

大学もかろうじて授業には出ているが、半ば上の空で内容がほとんど頭に入っていない状態だ。ノートだけはとっているものの、もう一度見直しておかなければ試験の時に悲惨なことになるだろう。

さらにここしばらく続く食欲不振と睡眠不足で、身体からはだるさが抜けなかった。稽古中は気にならなくなるが、終わったあとに一気に疲れが出てしまう。集中力も散漫になっており、今ひとつ役に没頭しきれていないのが自分でもわかる。樫谷からも渋い顔をされつつ、どうにか合格点を貰っているという有様だった。

「……はあ」

気を抜けばすぐに重苦しい溜息が出てしまう。人前――特に劇団関係者や知り合いの前で憂鬱そうな顔をしないよう気を張っているため、一人の時に感じる疲れが倍増しているというのもあった。

頰を撫でていく風の冷たさに、随分気温が低くなってきたなと身震いする。今日は一段と寒いと思いながら、掌を温めるように息を吹きかけた。

「あれ、稔？」

不意に携帯が鳴る。着信画面には稔の名前が表示されていた。通話ボタンを押すと、よお、と慣れた声が聞こえてくる。

「稔？　どうしたの」

『お前、今まだ学校か？』

「うん、これから帰るところ。今日稽古休みだよね」

『ああ……あー、そのまま稽古場来られるか？』

「え？　それはいいけど」

『悪い、頼む』

どことなく歯切れの悪い声に首を傾げながら、稽古場へと向かう。休みだと思っていたため服装はいつもの通りで、せめてもと眼鏡だけは途中で外した。徐々に寒気が強くなる気がして、電車の中から流れる風景を見つめ息を吐く。

(野上さん、もう嫌になってるかもしれないな)

そもそもすでに、好きな人がいるからと断ってしまっている。避けているのはばれているだろうし、いい加減愛想をつかされてもおかしくない。その方がいいと思う反面、嫌だと思う自分がいる。潔く諦めきれない未練がましさに、自身を罰するように拳を握って掌に爪を立てた。

「稔、どこかな」

稽古場に着き、そのまま稽古用のホールへと向かう。いなければ更衣室かなと思いつつ進むと、微かに声が聞こえてきた。

「練習中……――、え?」

台詞を読んでいるような声の調子に、最初は稔が自主練習でもしているのだろうかと思った。だがそのまま近づいていき、その声の持ち主と内容にぴたりと足を止めた。

「これ……俺の。佐和さん?」

入口から中を覗き込むと、そこには稔と佐和がいるだけだった。台本を見ることもなく、稔と――千里の役を佐和が演じている。

圧倒的な存在感。表情、仕草、言葉。どれをとっても女性に見えるしなやかな演技。茫然としながら立ち尽くせば、ふと声が途切れた。

「チサト」

稔が目を見開き、こちらに近づいてくる。ふらりと身体が揺れそうになり、足に力を入れてこらえた。動揺するな。心の中で繰り返し、にこりと笑顔を作る。

「稔、お疲れ。自主練？　佐和さんもお疲れさまです」

こちらを向いた佐和にぺこりと礼をする。やあと笑顔で片手を上げた佐和が、そのまま手招いてくる。

「ごめんね、君を呼びだしてって頼んだのは俺なんだ」

「え？」

おいでと促され、そのままホールへと足を踏み入れる。佐和の前まで行くと、ふわりと微笑まれた。

「君の役、俺がやってあげようかって思ってね」

「……――っ」

さらりと告げられた言葉に、ぐっと息を呑む。

「ちょ、佐和さん！」

珍しく焦ったような稔の声は、だが佐和が笑みを向けたことで止まった。基本的に言いたいことは誰であろうと言う稔にしては珍しく、だがそれに驚くよりも、告げられた内容に千里は予想以上の混乱に陥っていた。

「ここ最近の練習見てたけど、どう贔屓目《ひいきめ》に見ても野上が絶賛するほどとは思えなかった。上の空でどうにか上手くこなしてるって程度かな。あれじゃあ……途中参加でも、俺がやった方がいい舞台になるよ」

「……――」

そんなことは指摘されずとも自分が一番よくわかっていた。そもそも、千里と佐和では実力が違いすぎる。今回の役が千里に決まったのも、野上の推薦と佐和がいなかったというタイミングの問題だろう。あの時日本に戻ってきていれば、確実に佐和が選ばれたはずだ。

「体調も悪そうだし、何かプライベートで問題でもあるのかな。今回は降板して、ゆっくり休んだら？　君の穴は俺がちゃんと埋めてあげるから」

ふっと、穏和そうな笑みを挑発的なそれに変えた佐和の視線。優しい周囲に甘えるなと厳しい視線は言っているようで、反論の言葉もなく俯いた。

確かに、こうやってずるずると練習をしていること自体甘えているのだ。江沢のことがどうにもならない以上、退団か降板は避けられない。そしてその選択肢が、目の前に突き出されただけのことだった。しかも穴を埋める方法まで準備して。

佐和がやると言えば、樫谷は否とは言わないだろう。どうしても千里でなければならない必然性はどこにもない。

ちょうどいいじゃないか。心の中で自身に言い聞かせる。佐和に頼むことが、劇団に迷惑

唇を噛んだ。表情を取り繕う余裕もなく顔を伏せて
をかけずにすむ最良の方法だ。

「……――っ」

そう思うのに、お願いします、のひと言がでない。表情を取り繕う余裕もなく顔を伏せて唇を噛んだ。

（悔しい……――）

現状を、どうにもできない自分の無力さが。そして、野上に与えて貰った機会をむざむざ棒に振るしかない不甲斐《ふがい》なさが。

自分が演じて成功させたかった。野上に、よかったと言って欲しかった。

本当は、自分も好きなのだと――言いたかった。

悔しさと腹立たしさ。それらに血が滲《にじ》みそうなほど拳を握りしめ、だが、我が儘を通せば劇団に迷惑がかかるため嫌だということもできない。

（諦めろ……やめるって、決めたはずだ）

自分が出ることで、劇団や――何より、野上の舞台にいらぬマイナスイメージをつけたくはない。そう思い、拳から力を抜く。嫌だ、と。気を抜けばそう言ってしまいそうになる衝動をこらえて顔を上げた。反射のように口元に笑みを刻む。

「そう、ですね。お願いします。俺より佐和さんの方が、きっといい舞台になる」

「いいの？　本当にそれで。後悔しない？」

千里の顔を値踏みするかのように見つめた佐和が、確認するように問う。

後悔など、とうにしている。それでも、誰にも話せない以上どうしようもない。全て笑顔の下に押し隠す他に、千里にできることはないのだから。

(大丈夫、こんなのいつも通りだったじゃないか)

諦めさえしてしまえば、自分の望みなどたいしたことではない。叶わないものだと思っていれば、落胆することもないのだから。

「俺は、大丈夫です」

昔から、こんな時どういう表情をしていいかわからなかった。だからいつも笑っていた。嫌なことがあっても、悲しい時も。笑う以外の方法を自分は知らない。

「……ふうん」

わかったと言った佐和が踵を返した瞬間、ほっと肩から力が抜ける。

「ちょっと待ってください！　話が違……って、チサトお前それどういう顔色……」

「え……――？」

ざっと、顔から一瞬にして血の気が引いた。頭がしびれたような感覚がしたのと、顔が冷たいと思ったのは同時で、気がつけばぐらりと身体が揺れていた。

「……――っ！」

ふっとわずかに意識が途切れ、チサト、と呼ばれる声に引き戻された。顔を上げると、身体を稔に支えられており、あれ、あれ、と呟いた。

「あれ、じゃねえよこの馬鹿！　ったく、いいからそのまま寝ろ」

ゆっくりと身体を床に降ろされる。横になるようにと言われるが、それは大丈夫とその場に座り込む。浅く息をつきながら、かがみ込んで背中を支えてくれる稔の手に遠慮をする余裕もなく身体を預けた。

「貧血かな。病院行く？」

「いえ……大丈夫です。少しすれば治まります」

時々ふらつくことはあったが、ここまでになったのは初めてだ。眉を寄せて顔を覗き込んできた佐和に、大丈夫だと笑ってみせた。現にひどかったのは最初だけで、少しずつ顔にも血の気が戻ってきている。

「お前、いい加減にしろよ」

ぼそりと頭上から聞こえてきた稔の苛立った声に、ごめんと謝る。それだけしか言えない自分が申し訳なく、だがそれでも見離さないでいてくれることがありがたかった。

「我慢強いのも考えもの、か」

「佐和さん、大体あんた……どういうつもりだよ」

溜息混じりの声に、稔の苛立ちが佐和へと向かう。

「どういうつもりも何も、待ってやるのが優しさとは限らないだろ。らしくなく役を放り出してまで退団するっていうなら、放り出さなきゃならない何かがあったってことだ。なら、役をやらなくてすめば問題が一個解決するじゃないか。しかも、お互いに不利益なく」

俺にしてみれば、お前達の方が甘やかしすぎだよと肩を竦める。

「お前も恭司も、変に肩入れしてるから問題を見誤るんだ。このままずるずる現状を維持してたって、どうにもならないだろう」

下手すりゃ、この子がドタキャンして双方共倒れだ。

ぴしりと辛辣《しんらつ》に言い切った佐和の言葉は、否定できないだけに千里の心を抉《えぐ》った。

「だからって、あんな言い方ないでしょうが」

「稔、ごめん。いいから……佐和さんも、すみません」

稔の言葉を遮り、自分で身体を支える。立ち上がろうとしたところを、佐和の手が押し止めた。もう少し座ってな、とそっけなく言い、大体ねと続けた。

「そうやってなんでも笑ってごまかしてたって、何も変わらないよ。子供じゃないんだ。黙ってたって誰も何もしてくれやしない。幸せになろうと思ったら、時にはみっともなくあがくことも必要なんだ」

至極もっともな――遠慮なく傷を抉るような佐和の指摘に、そうですねと笑う。笑う以外にどうすればいいというのだろうか。そんなことを思いながら。

「まあ、君が好きでやってることならいいか。悪いけど、俺は言葉が通じない人間は嫌いなんだ。聞き流されるってわかってて言ってあげる義理もない。親切はここまで……ああ、もう一個だけ大サービスしたか。稔、あとはよろしく」

やれやれと溜息をついて立ち上がった佐和が、稽古場を出て行く。その姿を目で追っていれば、入口前で立ち止まりこちらを振り返った。

「さっきの、樫谷さんに話通しとくから。任せていいよ」

にっこりと華やかな笑みとともにそう言われ、胸に渦巻く深い後悔とともにぺこりと頭を下げた。少なくともこれで、舞台に迷惑がかかるようなことはなくなる。これでよかったんだと言い聞かせて、傍にいる稔の顔を見上げた。

「ありがとう、稔。ごめん」

「謝るなら、さっさとカタつけやがれ。この強情っ張り」

頭を抱えこまれ、大人しく稔の肩に預ける。目を閉じてほっと息をついていると、稔が身動いだ。

「千里。お前さ、野上さんのことどう思う」

「どうって……いい人だよ。優しいし、尊敬してる」

「嫌いじゃねえってことだよな」

「うん。嫌いになることなんか……絶対ない」

「そうか……まあ、ならいい」

納得したようにそう言った稔が、腕を緩める。顔を上げ、稔が見ていた方向に向けそのまま硬直した。

「え……」

「すんません。俺これから仕事なんで、こいつ頼んでいいですか。貧血だと思うんで」

すたすたと無造作にこちらに歩いてくる人の姿に茫然とし、だが稔の声で我に返った。

「え、いや、待って稔それは……」

「大丈夫だよ。なんなら茅ヶ崎君も送って行こうか」

「いえ、マネージャーがいるんで。悪いっすけど、早く連れて帰ってください」

「わかった」

交わされる言葉に、口を挟む隙もない。目の前まで来たのは、千里がここ数日間避けていた人――野上だった。だが、その表情はいつもと変わらず笑みを浮かべているのに、どことなく冷たい感じがする。

「野上さん、あの」

「話はあとで。ちょっとごめんね」

言いながら、しゃがみこんだ野上が背中と膝の裏に腕を回してくる。そのままひょいと横抱きに抱え上げられ「え！」と声を上げた。

「ちょ、野上さん！」

慌てて身を捩った千里をものともせず、野上が稔の方を向く。

「じゃあ、これで」

「野上さん。それ、とりあえず任せますけど、一応ダチなんで。なんかあったら、きっちり報復はさせて貰います」

「ああ。……千里君、暴れたら落とすよ」

反論を許さない笑顔で言われ、ぴたりと動きを止める。

「落ちるじゃなくて、落とすかよ……」

ぼそりと呟いた稔のそれが、そのまま千里の心の声だ。大人しくなった千里から視線を逸らすと、野上は重さを感じさせない足取りで稽古場の出口へと向かった。


(怒ってる……よなあ)

リビングに置かれた大きなクッションに腰を下ろしたまま、小さく溜息をつく。

あれから野上の車に乗せられ、なぜか到着した場所は野上のマンションだった。千里の家に戻るとばかり思っていたため、途中から道が違うことに気がつき不審に思ったが、沈黙を守った野上に何も言えないままここまで来ていた。

少し休むかと聞かれ自分のベッドを提供してくれようとした野上に、もう大丈夫だからとそれは固辞した。すぐ帰りますと言ったものの、話があるからとはぐらかされてしまった。座ったまま首を巡らせれば、この間テーブルに広げられていた資料や紙類は綺麗になくなっており、ノートパソコンだけが隅の方に置かれている。

部屋の中に漂うのは優しい出汁《だし》の香り。とにかく何か食べるようにと、野上は帰った早々キッチンに入ってしまっていた。

(帰りたい)

居たたまれないとは、まさにこのことだ。先日から逃げ回っていたのはばれているだろうし、顔を合わせ辛いことこの上ない。さらに、先ほどの佐和との一件だ。

(ああ、そういえば降板したこと言っておかないと)

折角やって欲しいと言ってくれたのに申し訳ない。どのみち連絡は行くだろうが、せめてひと言謝りたかった。

「できたよ。食べられるかな」

声とともに、キッチンから野上が出てくる。トレイの上には深めの丼が置かれており、普段であれば食欲をそそるだろう香りが強くなった。

「無理はしなくていいけど、できるだけ食べて」

言いながらテーブルの上に置かれたそれは、梅干しとわかめ、卵ののった美味しそうなうどんだった。透き通った出汁は、関西風だろう。ここ最近食べる気すら起きずまともに作っていなかったため、久々に見た美味しそうな料理に少しだけ食欲が戻った気がした。

「ありがとうございます」

作ってくれたものをいらないとは言えず、ありがたく頭を下げる。箸《はし》を取り一口食べて、美味しいと呟いた。

「美味しいです」

改めて野上の顔を見て言えば、ありがとうとようやく表情を和らげて野上が笑う。その様子にほっとして、再び箸を進めた。

野上は急《せ》かすでもなく、ただ千里が黙々と食べる様子を見ていた。まともに食べていなかったことで胃が小さくなってしまっているのか、半分も食べきらないうちにお腹《なか》はいっぱいになってしまったけれど、残したくはなくてゆっくりと食べ続けた。

それでも半分ほどで限界になり箸が止まってしまうと、小さな苦笑が聞こえてきた。

「無理はしないでいいよ。急に一気に食べても身体に悪い」

「……すみません、でも」

「悪いと思うなら、ちゃんと食べられるようになることが先だ」

ぴしりと謝罪を切り捨てられ、口を閉ざす。確かにその通りで、何を言うこともできず箸を置いた。

「ごちそうさまでした。ありがとうございます」

手を合わせて言えば、よくできたと言いたげにくしゃりと髪を掻き回される。その感触に不意を突かれ泣きそうになってしまうのをぐっとこらえた。

手際よく丼を片付け、お茶を出してくれる。温かなものを胃に入れたからか、野上の優しさに触れたからか、先ほどまでの気分の悪さは綺麗になくなっていた。

「さて、じゃあ……っと、ちょっとごめん」

千里の斜め隣に腰を下ろした野上が、ポケットからスマートフォンを取り出す。着信画面を見てひと言断るとリビングを出ていった。しんと静まり返った部屋の中で、そっと溜息をつく。疲弊した頭ではこれからどうすればいいかを考えることもできない。ただひりひりとした胸の痛みだけが、千里を苛《さいな》み続ける。

「……――っ」

脇に置いた鞄の中から、微かなバイブレーションの音が聞こえる。見るのを躊躇し、だがすぐに稔かもしれないと思いあたり携帯を取りだした。心配してメールをくれたのかもしれない。

しかしこういうタイミングでくるのは、やはり見たくもないアドレスで。気がついたことを後悔しつつ、温かな胸が一気に冷えていくような感覚を覚えた。下手に無視をするわけにもいかず、嫌なものを見るようにメール画面を開き――添付されていた見覚えのある写真に携帯を叩きつけたくなった。

「……もう、嫌だ」

力なく呟き、返信画面を開いて短く用件だけを打つ。江沢のメールに返信するのはこれが初めてだ。いっそ携帯ごと変えるか着信拒否にしようと思ったこともあったが、連絡がつかなくなったら逆に何をされるかわからなかったため、これまでやり過ごしていた。

劇団はやめます。でも、そちらには行きません。

もうどうにでもなれという気分で、メールを送信する。これであちらが怒って何かしたとしても、その時はその時だ。どのみちもう役は降板した。千里が女役として舞台に上がることがなければ、噂が立ったとて劇団に傷がつくこともないだろう。

送信完了の画面を見て、荷を下ろしたような気分で笑う。その表情が、どこまでも空虚で悟りきったものであることに、千里自身は気づいていない。

「……——っ」

ものの一分も経たないうちに、携帯が振動を始める。びくりと震え思わず携帯を取り落とす。こちらを向いた着信画面には、江沢のものである番号が表示されていた。

そのうち鳴り止むかと思ったそれは、だが執拗《しつよう》に鳴り続ける。一度切れ、すぐに再びかかってきた時点で、野上が戻ってくるかもしれないと焦りを覚えた。

仕方がない。一度外に行って電話を取るか。それともこのまま電源を落としてしまうか。

迷ったのは一瞬。出なければ終わらないだろうそれを持って、立ち上がった。

「どこに行くの？」

だがタイミング悪く野上が戻ってきてしまい、その場に立ち尽くす。

「すみません、電話が……ちょっと、出てきま……あ！」

笑みも怒りもなく、淡々とした様子でこちらに近づいてきた野上が、あっさりと千里の手から携帯を取り上げる。そこに表示された番号をみて、ふうんと呟いた。

「返し……っ‼」

「もしもし」

返してくれと言いかけた千里を制し、野上が通話ボタンを押す。何を、と言う間もなく、ぐいと腕を引かれて抱き寄せられる。そのまま頭を胸に押しつけられてしまい、喋ろうにも喋れなくなった。

「離……何を……っ」

「江沢さんですよね。大丈夫です、間違っていません。羽村《はねむら》君の電話です」

躊躇うことなくそう言った野上が、ふっと笑う気配がした。ちらりと見上げた先、電話を耳に当てたまま口端を上げた野上の表情は、笑っていても冷たく、まるで温度がなかった。

背筋にすっと冷たいものが走る。声は柔らかいのに、目は全く笑っていない。普段の野上のあたりの柔らかさはひとえに表情によるものなのだと、いやが上にも理解した。

「あなたにお話があるんです……ええ……いえ、たいしたことじゃありません。ちょっとした取引をしないかと思って。あなたが本当に欲しいものと、羽村君へのネタを交換して欲しいんです……大丈夫、悪い話じゃありませんよ」

自分へのネタ、と言われた時点で、反射的に身体が強張る。野上から離れようとするが引き寄せられた腕が肩に回され、離して貰えない。

「というより、聞いておいた方がいいですよ。そうしなければ、多分、あなたが一番後悔することになりますから」

低く告げられた内容に目を見開く。どういうことだ、と動けない代わりに野上の服を引くが当然のごとく答えは返ってこない。

「話を聞くだけでも構いません。時間は……そうですね、明日の十二時に。場所はあとから連絡します」

さっさと話を終わらせ、電話を切る。はいと携帯を返され、抱き寄せられていた腕が離れて行った。

「野上さん、どうして……」

「ちょっとね、腹が立ってたから。あいつにも、君にも」

「……――」

何も言えず、返された携帯を握りしめたまま俯く。だがやはり、江沢に脅されていたことを知っているふうな野上の言動が気になり顔を上げた。

「知ってたんですか？　俺と江沢さんのこと……」

「いや？　詳しいことは何も知らないよ。それはこれから君に聞く。ただ、原因はあいつだろうと思って、ちょっと調べさせて貰った。君の様子がおかしくなったのも、あいつに会った頃からだったし」

「調べるって、何……」

「たいしたことじゃない。俺が知ってるのは君とあいつが昔同じ劇団にいたことと、その頃の君と江沢はとても仲がよかったってこと。あとは、君が劇団をやめた頃に流れていた噂。その程度だね」

「……――」

他のことは過去の噂と今の君の様子から、なんとなく推測してみただけだ。そう言った野上が、けれどその推測を間違っていないと思っているだろうことは、迷いのない口調から感じとれた。

「なんとなくあの男に対する君の態度が、ぎこちないなとは思ってたんだ。高凪達と話しているのを見てたせいもあるだろうけど、親しかった人に会ったにしてはそんな様子がまるでないし。その上君は……態度も表情もいつもどおりなのにどんどん痩せていく。それで何もないって思う方がどうかしてる」

「それは……でも」

肯定も否定もできない千里に、じゃあ、と野上が続ける。

「話の前に、一つ確認しておこうか。君は、あの男のことが好きなのかな。この間言っていた好きな人って、あいつ？」

「違います！」

即答で否定した千里に、ふっと野上が瞳を和ませた。見慣れた表情に安堵し、すぐにあることに気がつきしまったと口を閉ざす。

否定してしまえば、じゃあ誰だという話になってしまう。問い詰められれば、もう誤魔化す自信はなかった。

「無理強《むりじ》いは趣味じゃないし、君から話して欲しかったけど……もういいや」

投げやりにも聞こえるその声に、とうとう愛想を尽かされてしまったかと胸が痛む。

(そうしたのは、自分のくせに)

差しのべられた手を拒んだ時点で、寂しいなどと思う資格はない。

携帯を握る手に力を込めて、ご迷惑をおかけしましたと謝る。野上はあんなことを言っていたが、江沢と会わせるわけにはいかない。何を言い出すかわからない上に、下手をしたら被害が野上にまで及んでしまう。

「もう、大丈夫です」

「何が大丈夫？　それは、自分が犠牲になるから構わないってことかな」

冷たく言い捨てられた声。温度のないそれは初対面の時のようで、けれどあの時のように言い返すことはできなかった。

「そうやって諦めて諾々《だくだく》と悲劇のヒロインになれば、ある意味楽だよね。他のものを切り捨てれば、それ以上傷つくこともない」

「……――」

完全に突き放されたのだろう。声を荒げることも、苛立たしげな気配もない。淡々と事実を述べているといったそれは、反論を挟む余地もなく千里をただ責めていた。

「ああ、それとも。君にとって、君の周囲はそれだけの価値しかなかったってこと？」

「違……」

それは違うと否定しようとした千里の声を遮って、そうか、と何かに思い至ったように野上が苦笑する。

「じゃあ、告白して断られた上に避けられてる俺なんかは、完全にストーカー……ああ、そういう意味では江沢と同類か」

「違います！」

それだけは絶対に違う。慌てて否定した千里に「どこが？」と野上が冷たい目を向ける。

「さっきの電話で佐和に聞いたよ。降板したってね。元々俺が無理言ってやって貰ったことだから、君と劇団側がそう決めたならそれでいいけど。君にとっては途中で投げ出せる程度のものだったんだと思ったら、さすがにちょっとショックだった」

「……それは、でも」

仕方がなかったのだ。劇団にも、野上にも、あの舞台にも。万が一傷をつけるようなことになれば、自分が自分で許せなくなる。たとえそれで何もかもを失うことになっても。

それに何より——昔のことを野上に知られて嫌われたくなかった。

(あれ？　でも……)

ふと思う。野上には、もう十分呆れられているのではないか。好きだと言っては貰ったけれど、千里の態度でその気持ちもすっかり冷めてしまっているのだろう。だから、こうやって冷たい目を向けられているのだ。

そう思えば、自分がひた隠しにしていたことすら馬鹿馬鹿しく思えてくる。

(そっか……もう嫌われてるなら、隠しても一緒か)

役を降板したことも知られている。いつも舞台を観に行くほどだった佐和がやると言うのだから、本音の部分で野上に否やはないはずだ。怒っているのは、あの役をチサトにと決めた野上に対してなんの相談もなく変更したからだろう。

「……はは」

「千里君？」

そっか、と。力なく笑った千里に、野上が訝しげに眉を寄せる。なんでもないと首を横に振り、すみませんと謝った。笑う場面ではない。そう思うけれど、全身を包むなんともいえない脱力感にまた笑いたくなった。

「役を放り出したことは謝ります。代役は佐和さんがやってくださるそうですから、上演に支障はないと思います。劇団は……――やめます。でも、江沢さんのところに行く気はありません。あとは、俺の問題ですから」

これ以上、野上が関わる必要など何もないのだと。そう説明すると、ぴたりと空気が止まり、野上が息を吸いこむ音が微かに聞こえた。

「そうじゃないだろう！」

「……――っ」

降り注いできた怒声に、反射的に身体が震える。本気の怒りをぶつけられ、ひくりと心臓が縮むような感覚に襲われた。これほど激しい生身の感情を真正面から向けられたことはなく、これまでの人生の中で一番――怖いと思った。

「……ごめ、なさ……」

身を固くし、震えながら声を押し出す。こらえていたものが崩れ喉の奥から嗚咽が零れそうになり、だがここで泣くのは卑怯《ひきょう》だと拳を握りしめた。掌に爪が食い込む痛みで必死に気を逸らす。それでも足りず床を見つめ、泣くなと奥歯を噛みしめた。

怒りを抑えるように深く息を吐いた野上が、怒鳴って悪かったと静かな声で呟く。それでもまだ、その声には怒りが滲んでいた。

「頼むから、そんな顔をして笑うな。諦めたって何も解決しないんだ」

「……──」

「江沢に何をネタに脅されてる？　劇団をやめて江沢のところに行く……それが条件か？」

感情を抑えた声で聞かれ、唇を噛む。言ってはいけない。だが、黙り続けていることにも疲れて、いっそばれてしまった方が楽になれるのかもしれないと思った。野上なら、たとえ不快に思ったとしても正面からそれを言うことはしないだろう。ただ距離を置かれて、会えなくなる。それだけのことだ。

「写真……」

「写真？」

力のない声を落とした千里の両肩に野上の手が乗せられる。そのまま座るよう促され、ぺたりと崩れ落ちるように床に腰を下ろした。

もうどうでもいい。そんな投げやりな気分で、訥々《とつとつ》と続ける。

「昔の……写真、撮られてて。それを見せるって……だから、自業自得……で」

「君が、自主的に撮らせた写真？」

それは違う、と否定する。あんな写真、意識があれば絶対に撮らせなかった。

「寝てる時に、いつの間にか……お酒飲んでて……」

「酒……ね。その写真は、あいつが持ってるのか？」

「……――スマートフォンに」

「それじゃ、どこにコピーしてあるかわからないか……厄介だな」

自分一人ならば、あの写真がどこに出ようがどうでもいい。どのみち失うものなど何もないのだ。ただ、野上には見られたくなかった。そして野上の舞台に傷をつけたくなかった。

それだけだ。

千里に呆《あき》れたのならさっさと見離してくれればいいのに。困っているのを放っておくことができないのかもしれないけれど、その優しさが逆に辛かった。

「別に写真はもう、どうでもいいんです……」

「どうでもいいって、よくないからこんなことになってるんだろう！」

まだ言うのかと荒げられた声に、だがかぶりを振る。

「俺がやめて、あの舞台がちゃんと上演されるなら、それで……」

そう言った瞬間、野上が押し黙る。そして言い難そうに言葉を継いだ。

「その写真は……」

だがそれ以上言葉は続かず、部屋に沈黙が落ちる。見られて困るものだからこそ千里がここまで隠し通そうとしたのだろうと、それはさっき野上自身が言った。けれど多分、野上の想像しているだろうものとは若干違うはずだ。

それよりも――ある意味もっとタチが悪い。

握っていた携帯を見遣る。差し出し、野上の方へと押しつけた。

「千里君？」

「一番、新しいメールで、送られて……俺、廊下に出てますから……」

決定的なそれを見せるのは、この優しさを振り切るためだ。野上が携帯を受け取ったのを確かめて、足早に廊下に出る。背中でリビングに続く扉を閉めると、ふと玄関が目に入った。

衝動的にそちらへ向かい靴を履く。震える手で鍵を開けて、ロックのバーを外した。

「そうやって逃げようとするところを見ると、君はよほど不幸なままでいるのがいいのかな」

背後から聞こえてきた低い声に、ノブにかけた手が止まる。恐る恐る振り返れば、そこには目を眇《すが》めた野上の姿があった。

俯き首を横に振る。近づいてきた野上が、千里の手を取って携帯をのせた。とうとう見られてしまった。血の気が引くほど強く携帯を握りしめると、ぽんぽんと掌で宥めるように叩かれた。

「大丈夫、まだ見てない。それは、君の本音を聞かせて貰ってからにするよ」

「……――の、がみさ……？」

ふわりと身体に腕が回り、抱き締められる。触れたところから伝わってくる体温が心地好く、こらえなければしがみつきそうになってしまう。

「好きだ」

「……――っ」

抱き締められたまま再び与えられた言葉に、心臓が止まりそうになる。身体に回された腕が力を増し、その痛みが悪夢から現実に引き戻してくれるような気がした。

「しつこいのはわかってる。君に好きな人がいるっていうなら、それでもいい。けど俺は、君のことが好きだから助けたいんだ」

「……――あ」

はっきりと告げられた言葉に、泣きそうになる。まだ、好きだと言って貰えるのか。

「それでも、頼って貰えないかな。俺の気持ちは、君にとって迷惑にしかならない？」

わずかな不安が窺える――躊躇するような気配。自分は野上ほどの人に、そんなふうに言って貰えるような存在ではないのに。

「そ、んな……」

「君は、どうしたい？　余計なことは考えなくていい。本当に望むことだけ、教えてくれ」

たとえ同じ気持ちを返してくれなくても、君は俺を利用していい。そう囁かれ、声もないまま必死にかぶりを振った。

大丈夫だからと伝えるようにしっかりと抱き締めてくれる腕を、はねのけることができない。誘惑にあらがえず、千里はそろそろと腕を持ち上げた。震える指でそっと野上の背中のシャツを握る。

指先からじんわりと伝わってくる温かさ。かたくなな心を溶かされていくようで、気がつけば言葉が零れ落ちていた。

「……き」

一度声に出してしまうと、堰《せ》き止めた心が溢れ出すように止まらなくなる。

「好き、好きです……俺も、野上さんが……だから、舞台も……本当は……っ」

出たかったのに。その言葉は最後まで声にならず、嗚咽にかき消された。喉の奥から熱い塊《かたまり》がせりあがってくる。くしゃりと顔を歪ませ、こらえきれず涙が溢れた。

「っ……なん、で。どうして……」

一度不安を不安と認識してしまえば、それは現実のものとして襲いかかってくる。だからこそ、全てを切り捨てて逃げようとしたのだと今になって自覚した。

目を塞いで、耳を塞いで。全てを諦めて一人でしゃがみこんでやりすごせば、感情を乱されることもない。人から疎まれるあの絶望感と、正面から向き合わずにすむ。

「う、く……――っ」

必死に声を噛んで泣く千里を、野上はただじっと抱き締めていてくれた。その温かさに縋るように、無意識のうちにしがみついていた。

「どうしたい……いや、どうして欲しい？」

耳元で囁かれた声に、すでに張る意地もなくしゃくりあげる。

前も後ろもわからない暗闇の中で見つけた、たったひとつの光。ずっとそこにあったのに千里自身が見ようとしていなかったそれに、恐る恐る手を伸ばす。

「助け、て……っ」

泣き声に混じった懇願に返されたのは、力強く——そしてどこか幸せそうな声だった。


「……っ、すみ、ません……」

再びリビングに戻り腰を下ろした千里は、温めた濡れタオルに顔を埋めて呟いた。

あれから散々泣き続けた結果、野上のシャツは濡れ、千里の目は真っ赤になっていた。ひとしきり子供のように泣いてしまうと、あとに残ったのはただひたすら恥ずかしいといういたたまれなさだけだった。

それでも、ずっとわだかまっていたものが涙と一緒に流されてしまったかのように、胸が軽くなっている。

「いいよ。泣いたらちょっとすっきりしただろう」

「……はい」

シャツを着替え、千里の横に寄り添うように座った野上が肩を抱いていてくれる。それだけで心強く、不思議と目の前にあった絶望感が晴れたような気がして、現金なものだと自嘲したくなってしまう。

（けど……）

ずっと握ったままだった携帯に視線を落とし、顔を曇らせる。

「見せたくなければ、見せなくていいよ」

千里の視線の行先を察したのだろう。頭上から優しい声が落ちてくる。ただ経緯だけは話してくれると嬉しい。そう言う野上に、助けを求めた以上そういうわけにはいかないとかぶりを振った。

「……見て貰った方が、話が早いです」

言いながら、メール画面を開く。ついさっき届いた江沢からのメールを選択し、だが自分で開くことはできずそのまま野上に差し出した。

「いいの？」

携帯を受け取り確認するように聞いてくる声に頷いた。もしこれで野上に距離を置かれても、千里が好きでいることだけは許して貰おう。そんな気分だった。

「……っ！　これ、千里君……だね」

「高校の頃のものです」

微かに息を呑む音に続き、野上が呻《うめ》くように呟く。緊張感は増したものの、抱き寄せられた手が離れていかないことに、全身の力が抜けるかと思うほどの安堵を覚えた。

そうしてゆっくりと、昔のことを話す。

病弱な姉がいたこと。両親はそちらにかかりきりで、ずっと一人でいたこと。やがて劇団に入り、江沢に会い……そして、江沢の前から逃げ出したこと。

「あの人は、俺を姉の代わりとして見ていたんです。俺もあの頃、姉が亡くなったばかりで……家の中が、ぎくしゃくしていて。寂しかったから……だから自業自得なんです」

ぽつりぽつりと話す千里に、野上が溜息をつく。話を聞けばやはり千里自身にも責任があると思ったのだろう。確かにね、という言葉で肯定された。

「一番悪かったのは、以前江沢に文句も別れも言わずに逃げ出したことだよ。まあ、それで正解だったのかもしれないけど……。多分、真っ正面から逃げられるのが許せないタイプだろうし」

言葉を濁しながらそう言った野上は、でも、と声を低くする。

「寂しかったから当時信頼していた人間の手を取ったのは、悪いことじゃないだろう。悪いのは、それを利用した向こうの方だ。あの写真だって、君が許したんじゃないなら……というより、脅しに使っている時点でただの犯罪だ」

それを自業自得と言うなら、江沢の犯罪を認めることになるんじゃないか。そう言った野上に、千里は目を瞠った。

「それは……」

「メールは証拠になるから、嫌かもしれないけど当面誰にも見られないようにして保存しておいて。あとは、向こうの出方次第かな」

「野上さん？」

ふっと楽しげに笑った野上を見上げると、不意に顔が近づいてくる。驚きに目を瞠っているうちに、唇に柔らかく温かいものが触れた。

キスを、されたのだと。そう認識した瞬間、顔が茹《ゆ》で上がったかと思うほど熱くなった。

「すごい、真っ赤だ」

くくっと笑われ、ひどいと眉を下げる。こつんと額を合わされ、大丈夫だよと声をかけられた。

「言っただろう。必ず助ける」

だから安心していい。指先でそっと頬を撫でられ、それだけで涙腺《るいせん》が緩みそうになる。

「俺……これ見られたら、嫌われるって思って……」

「だから、ずっと黙ってた？」

「あの、役も。演技が好きだって言って貰えて、嬉しかったから……本当は、自分でやりたかった、です」

ごめんなさい、と。肩を落とせば、そっちも大丈夫だと小さく笑う声がする。

隠さなければならないことはもう何一つなく、それでも受け入れて貰えているという事実が、未《いま》だに信じられない。これが夢だったらどうしよう。そんな思いに捕らわれ、そろそろと確かめるように頬に当てられた野上の手に、自分の手を重ねてみる。

「何？」

「夢……みたいで」

こんなふうに、好きな人に好きだと言って貰えたのは初めてだ。親にすら顧みられなかった自分は、きっと誰にも必要とされないのだろうと、そんな諦めが幼い頃から心の奥底に根付いていた。

稔や高凪にも、もちろん感謝している。特に稔は、半分人間不信に陥っていた千里をいい意味で振り回してくれ、友人として根気よく付き合ってくれた。早くから大人達に囲まれて仕事をしていたせいもあるのだろう。無愛想だが精神的には安定しているため、傍にいて心地好かったのだ。

それでも。稔達にとっての一番は、千里ではない。それは当然のことで、だから自分も誰かに一番必要とされることに強い憧れを持つ反面、諦めてもいたのだ。

「夢だったら俺が困る」

「……あ」

囁くような声とともに、再び唇が塞がれる。柔らかく押しつけられたそれは、幾度か啄《ついば》むように動き、やがて深く重なった。わずかに離れては、重ねられる唇。優しく繰り返されるそれに徐々に身体から力が抜け、いつの間にか野上の身体に縋り付くような状態になっていた。

濡れた舌で唇をなぞられ、ぴくりと身体が反応してしまう。羞恥《しゅうち》に混じった微かな恐怖を見通したように、背中に回された手がぽんぽんと優しく叩いてくれる。

ゆっくりと唇を開けば、柔らかな舌が口腔《こうこう》へと忍び込んでくる。どう応《こた》えていいかもわからず戸惑っていれば、舌先でゆっくりと舌を擽《くすぐ》られ、ん、と喉声が漏れた。

どこまでも優しいそれは、決して急ぐ気配をみせない。ただ千里が慣れるのを待っているかのように、口腔をゆっくりと愛撫《あいぶ》する。

「は……っふ」

長く続く口づけに息苦しさが増し眉を顰めると、ようやく重ねられた唇が解放された。ほっと息を吐くと、濡れた唇を拭《ぬぐ》うように舌で辿られる。

「……う」

今更ながらにどきどきと鼓動が早くなり、顔が上げられなくなる。手の甲で今まで塞がれていたそこを押さえると、濡れて熱をもった感触に頭が煮えそうになった。

（な、んか……優しいのに、やらしい……）

執拗な口づけは、確かにゆったりしたものであったが、逆に官能を呼び起こさせるような淫《みだ》らさをも感じた。いっそ逃げることが許されないくらい強引であれば羞恥を自覚しなくてすむのに、すぐに引いてしまいそうな雰囲気があるから嫌がってみせることもできない。

「嫌だった？」

「……――違、います。恥ずかし……くて」

決してそうは思っていなさそうな口振りに恨みがましい視線を向けながら、それでも正直に答える。赤くなっているであろう顔では、どうやってごまかしたって無駄だ。そう思ってのことだったが、軽く目を瞠った野上が「うーん」と苦笑した。

「すみません……あんまり、こういうの慣れてなくて」

「ああ、謝っちゃうんだそこ。参ったなあ」

困ったような声に、何か悪いことを言ってしまっただろうかと不安になる。上目遣いに野上をそろそろと見上げれば、声同様の表情で、もう一度、今度は唇を押さえた千里の掌に口づけられた。

「……っ、う、あ」

戸惑い声を上げれば、離してというように口元から手を外される。指を絡めて両手を握られ、耳元に唇が寄せられた。

「全部……貰ってもいいかな」

耳朶《みみたぶ》に口づけられながら直接耳に声を吹き込まれるかのようなそれに、くすぐったさと同時に、何かがぞくりと身体を駆け抜けていく。首を竦めた千里は、だがその意味を問い返すほど幼くもない。この先に待っているものに、期待と、そして言いしれぬ恐ろしさを感じつつこくりと頷いた。

「……――、き」

そうして掠れる声で呟いた二文字に、野上は嬉しげに――そして、これまでに見たことのない獰猛《どうもう》さを浮かべて微笑んだ。


「……っ、や……っ」

寝室のベッドの上で横になった千里は、のしかかってくる野上に小さく声を上げる。

『お風呂、入りたい?』

初めてだから順番にいこうか。そんな声とともに一度逃がされ、千里は落ち着かない気分のまま身体を磨いた。心臓が痛いほど高鳴り、それが続くためどうにも息苦しい。無駄に長い風呂を終えると、そこには野上のパジャマらしき服と買ったばかりの下着が置かれており、恥ずかしさをこらえつつそれを身につけた。

常夜灯だけがつけられた部屋は、暗いけれど薄ぼんやりと明るくて、間近にいる野上の姿がはっきり見えるため落ち着かなかった。けれどそれも、何度も与えられる口づけとシャツの上から身体を辿る掌の動きに翻弄《ほんろう》され、気にするどころではなくなっている。

胸元を撫で回されていたかと思えば、指先で小さな粒をひっかくようにされる。その度に腰に熱がわだかまるような感覚が強くなっていき、けれど身動げば、脚の間に野上の脚が挟まれているため腿《もも》に腰を押しつけるような形になってしまい、うっかり動くこともできなかった。

胸から鳩尾《みぞおち》をなぞった手が、やがて腹部を撫でる。そして、サイズの大きいシャツの隙間からするりと中へ忍び込んできた。

「あ……っ」

素肌を辿る、さらりとした皮膚の感触。その間ずっと唇に与えられていたキスは、喉に向かい、襟元から露わになった鎖骨に落とされた。ちろりと舌先で骨のある場所を撫でられ、野上の腕を掴む手に力がこもる。

「……大丈夫?」

確かめるように問われ、こくこくと頷くだけで答える。落ち着かないだけで恐怖はない。言葉にはしないまま微笑んでみせると、千里の顔を覗き込んできた野上も優しく笑みを返してくれた。

上半身を起こした野上が、千里のシャツのボタンを外しゆっくりと剝《は》いでいく。丁寧な手つきで——まるで桃の皮でも剝くようにそっと身に纏っていたものを脱がされる感覚は、これからすることを強く意識させた。

顔を背けて羞恥に赤くなっているだろう頰を枕に押しつけていると、再び身を屈《かが》めた野上が頰に軽く口づけてくれる。促されるようにそちらを向くと、深く唇を合わせられた。するりと舌が差しこまれ、ぎこちなくそれに応えようとする千里の舌に絡まる。ねっとりとしたキスは、濃く、長い。与えられるそれに夢中になっていると、いつの間にかズボンも下着ごと膝の辺りまで落とされていた。

「……ん、ふ」

小さな水音と衣擦《きぬず》れの音が、静寂に満ちた部屋の中に不規則に響く。ゆっくりとキスがほどかれ、互いの舌の間で唾液《だえき》が糸を引くのが見えた。ちゅっと音をさせてもう一度キスを落とした野上が、上半身を起こして千里の脚からズボンを引き抜いてしまう。

「……痩せたね」

野上の前に何一つ身に纏うものもなく晒《さら》された肢体は、ここのところの食欲不振ですっかり肉が落ちていた。元々舞台に立つための身体訓練として常時運動はしているが、体質的にあまり筋肉がつかず、それだけに貧相な自分の身体を知っているため恥ずかしさに打ち震えた。

痛ましげに眉を顰めた野上に、あの、と目は合わせられないまま呟く。

「ごめんなさい……みっともなくて……」

消え入るようなそれに何を思ったか、野上が驚いたように目を見開く。そしてすぐに馬鹿だねと苦笑混じりに呟き、自分もまた――恐らく裸のまま出てきて千里を怖がらせないためだろう――風呂上がりに着ていたシャツとズボンを脱ぎ捨てた。

再び重なってきた身体は直接素肌を触れあわせるもので、初めての感覚にどぎまぎする。熱を持った身体を重ねれば、温かくほっとする反面、何も隠すことができないのだと改めて実感した。

「綺麗で、かわいいよ」

耳元で囁かれ、一気に体温が上がった。

「……れい、なんかじゃ……」

「どうして。綺麗だよ……だから、ほら」

言葉とともに、それまでわずかに浮かせていた腰を合わせられる。軽く押しつけられた硬さと熱――そして何より、自身のそこがすでに硬くなっていることを自覚し、身体が震えた。

「あ、あ……」

羞恥と、恐怖と――それだけではない、何か。それらに戸惑いを隠せないでいると、野上が「怖い？」と聞いてくる。

「あの……俺……」

一つだけ言っておかなければ。そう思い、口を開く。

「何？」

「俺、こういうの……初め……で、あ、あの……ごめんなさ……」

何をどうすればいいか全くわからないため、変なことをしてしまうかもしれない。それでも止めないでいてくれるだろうかと思い告げたそれは、けれど、千里の予想したどれとも違う反応を野上にさせた。

ぴたりと動きを止めてまじまじと千里の顔を——それこそ、たっぷり数十秒は眺めた野上が、戸惑ったような声を出す。

「初めて？」

「……——はい」

改めて言われれば恥ずかしく、また野上の反応に不安になる。男女間のことではないから手間がかかるだろうことだけは予想がつく。何をどうするのか、さすがにこの歳《とし》になって全く何も知らないほどの無知ではない。

それでも、頭で知っているのと、実際にやるのとは大違いだ。

「……付き合って、たんだよね？」

躊躇うように相手の名を出さないまま聞かれたそれで、野上に大きな誤解を与えていたことにようやく思い至る。

「あ、違……、ちゃんと付き合ってたわけじゃ……。あちこち触られたり……とかは、しましたけど。男だったから……最後までは……」

江沢は、女の恰好をしている千里を霞に見立てていただけで、千里自身を好きだったわけではない。身体に触れられたりはしたが、最後まで服を脱がされることはなかった。

あちこちにキスはされたけれど、あえてそれは言わなかった。あの写真のこともある。言わなくても察してはいるだろう。

「あ、そうなんだ……えーっと……」

らしくなく狼狽《ろうばい》したように視線を彷徨わせた野上に、ふと不安になる。

(慣れてないから、無理だって思われたのかな……)

目を伏せてもう一度「ごめんなさい」と繰り返す。自分の反応が千里に不安を与えたことに気がついたのか、野上がようやく立ち直ったように苦笑した。

「こっちこそごめん。ちょっと動揺した……でも、そっか」

初めてか、と。そこにきて声に喜色が混じったように思え、野上を見上げる。

「大丈夫、ですか？」

「ん？　何が？」

問い返され、いいえ、と狼狽える。その気になるのか、などと聞くのはさすがに憚《はばか》られ口籠もった。

「大丈夫。怖くないようにゆっくりするから……力を抜いて、任せてくれればいいよ」

その言葉にほっと安堵し、はい、と頷く。かたくなだった心がほどけ、これまでにない柔らかさを帯びたその笑みが野上の瞳に浮かぶ欲情の色を強める。それには気づかないまま、千里は再び動き出した手に身を竦めた。

「や……」

先ほどまでシャツ越しに弄《いじ》られていた胸を、今度は直接掌で揉《も》まれた。硬く凝った胸粒を親指の腹で押さえたまま くりくりと押し潰され、指先できゅっと摘《つま》まれる。男の自分がそんな場所で快感を覚えるなどこれまで思ったことがなく、なのに与えられるぞくぞくとする感覚に身悶《みもだ》えた。

江沢に触られていた時とは、全く違う。あの頃は羞恥と戸惑いと――罪悪感の方が強く、こんなふうにどうしていいかわからないほどの感覚を持て余すことはなかった。

熱がこもったように重苦しくなる腰をもじつかせれば、互いの昂《たか》ぶったものを擦《こす》り合わされる。恥ずかしさにぎゅっと目を閉じるが、そうすると一層――そこが濡れているような感覚さえわかってしまい、余計にいたたまれなくなってしまった。

「触るよ?」

野上の囁きに必死に頷くと、胸から降りていった手が千里の中心を包む。くちゃりと音が聞こえ、たったこれだけのことで濡らしてしまっているのだと自覚し、かあっと全身を朱に染め上げた。

「恥ずかしくないよ……ていうか、これくらいで恥ずかしがってたらこの先もたないよ」

くすくすと、余裕な声で笑う野上が頼もしいけれど憎らしい。せめてもの抵抗で睨もうとするけれど、羞恥と快感に緩んだ表情では迫力もなく、ただ野上を楽しませただけだった。

「ん……んっ」

掌に握りこまれたそれを擦られ、先ほどまで掌で撫でられていた胸に口づけられる。直接的な快感に声が漏れそうになり唇を閉じてこらえていると、我慢しないでともう片方の指先で唇をほどかれた。

「あ……っ」

「声、聞かせて。その方が、もっと気持ちよくなれるから」

どうするのが当たり前なのか、それがわからない以上ただ野上の言うことに従うことしかできない。あまりにおかしい要求をされればわかるだろうと思ってはいるが、その基準すら曖昧で自信はない。というより、それを判断する思考能力すら、快感とともに溶かされているような気がした。

「あ、あ……っ、や、それ……」

胸先をくすぐる濡れた舌と、反対側の胸を弄る指先、そして中心を弄る手。そのいずれもから与えられる刺激に、いつの間にか千里は声を噛むこともできなくなっていた。

むずがゆいような、けれど痛みのない未知の感覚が恐ろしく、気持ちがいいかと聞かれても首を横に振って応えるしかなかった。

「大丈夫。痛くないなら、それが気持ちいいってことだよ……ほら、ちゃんと感じてる」

「……や、あ……っ」

とろりと先走りを零した先端を親指の腹で回すように撫でられる。自分でも気がつかないまま、中心を擦る手に合わせるように野上の手に腰を押しつけていた。無自覚に快感を求めているようでいたたまれなさに身を縮めれば、「大丈夫」とその度に野上が安心させるように囁いてくれた。

「体力落ちてるし……先にいっちゃうと辛いかもしれないから、ちょっと我慢して」

独り言のようにそんなことを呟いた野上が、ふと身体を起こす。離れて行った体温に火照《ほて》った身体が冷えていき、ふるりと震える。不安になって見上げれば、野上がベッド脇のサイドボードから何かを取るかたりという音がした。

「冷たかったらごめん」

「え……ひゃ！」

再び覆いかぶさってきた野上に唇を啄まれるのと同時に、腰の奥——双丘《そうきゅう》の間にぬるりとした感触がする。気持ち悪さと紙一重のそれに、千里は腰をもじつかせた。

「脚、少し開ける？」

促されるままそろそろと脚を開けば、そう、と褒めるように目元にキスが落とされる。

肌を唇で辿りながら、指先は後ろの蕾《つぼみ》をゆるゆると円を描くように撫でている。少しだけその感覚に慣れてきた頃に、くっと指先が中へと入ってきた。思わず後ろに力を入れてしまうと、逆に先端だけ飲み込んでいた指を奥に導いてしまう。

「あ、何……」

「大丈夫。痛くないようにするから」

安心していいよ、と何度も繰り返された言葉に小さく頷く。

多分、野上は呆れるほどに丁寧に抱いてくれているのだろう。決して一方的に快感を求めるのではなく、千里に快感を教えるように。そして、自身の熱を分けるように。

初めてのことへの戸惑いは消えないが、最初の頃のような恐怖感はもうない。野上に対する信頼のようなものが、すでに千里の中で確固たるものとして存在していた。

「気持ちいい？」

今日何度目かの問いに、苦しげな表情を隠してふわりと微笑む。

「大丈夫、です。ちゃんと……気持ちいい、ん……っ」

それに、と。ぽつりと呟く。

ずっと欲しかった、一番大切な人。姉の霞でも、チサトという役者でもない。千里自身を見て、そして選んでくれた。その事実だけで、千里の胸は充足感に満ちている。これ以上ないほどのこの幸福感があれば、何をされても、きっと気持ちいいとしか思えないだろう。

「野上さんなら、何しても……い……あっ！」

全てを伝える前に、埋めこまれていた指が内部を擦る。わざとのようなそれに身悶えていると、野上がやばいなあと苦笑する。

「そんなこと言ってると、明日後悔するよ」

「……んなの、しな、い……です」

ふるふると首を横に振ってみせると、つけ根まで埋め込まれた指がゆっくりと引き抜かれていく。皮膚に身体の内側を擦られる感覚は、これまで感じたことのない刺激を千里に与えた。

「……っ、それ……っ」

「気持ち悪かった？」

そうじゃないと言う間もなく、先ほどまでより太いものが再び押し入ってくる。指を増やされたのだと認識する頃には、最初より少しだけほぐれた後ろを拡《ひろ》げるように動かされていた。

「ん……っ」

やがて、長い時間をかけて後ろを弄っていた指が、ゆっくりと完全に引き抜かれる。わずかな喪失感に、指を追うように無意識のまま腰が浮いた。

そのまま脚を持ち上げられ、肩に抱えられる。野上の前に全てを晒すようなその体勢に、暴れることもできずさりとて前を向いてもいられずぎゅっと目を閉じた。

「かわいいよ、千里君。恥ずかしくないから、目、開けて」

「恥ずかしいです……っ！」

くすくすと笑う野上に、とんでもないと、さらに硬く目蓋を閉ざす。

「目、開けなかったらずっとこのままだよ。まあ、俺にとってはすごくいい眺めだから別にいいけど」

「な、野上さ……あ、あ……っ！」

なんてことを、と思わず目を開いて前を向くと、その隙を見計らったかのように硬いものが先ほど指が埋まっていた場所にわずかに埋まる。指とは比べものにならないくらいの太さのそれに、驚きで思わず締めつけてしまった。

「痛……っ、たた、千里君、少し力抜いて……」

「あ、ごめ……でも」

どうやって力を抜けばいいかもわからない。おろおろとするばかりの千里の中心に手を伸ばした野上が、そこを再びゆるゆると擦り始める。

「大丈夫。そっと、身体から力抜いて……そう」

落ち着いた声に促されるように、ゆっくりと意識的に下半身から力を抜いていく。そうすると、締めつけていた場所も緩んだらしく、野上の表情がわずかにほっとしたようなものになった。

「ごめ……んなさ……」

「謝らなくていい。なんにも悪いことなんかしてないから」

子供をあやすような口調で千里を宥めつつ、それでも淫らな行為は進んでいく。熱が籠もり汗に湿った肌を掌で撫でられ、抱えられた脚に口づけられる。

ゆっくり、ゆっくりと与えられる熱を受け止めていると、不意に野上の動きが止まった。

「全部入ったよ……どう？」

どう、と聞かれても。答えに困り、だが確かに身体の内側に存在する自分以外の熱にこれまでにない喜びを覚える。腹の奥が熱い。ぼんやりと思いながら、下腹部に掌を添える。

「ここ……熱くて……。硬いのが……なんか……あ！」

不思議な感じだ。譫言《うわごと》のように呟くと、ぐっと野上が声を詰まらせる。同時に、腹の中にあるものが大きさを増した気がして声を上げた。

「ごめん、ちょっと油断した……自覚ないよな、これ」

ぶつぶつと最後は独り言のように呟いた野上に、なんだろうと首を傾げる。

「何……？」

「いや、無自覚って怖いなあって話をちょっとね」

すでにとろりとした思考では、深く考えることもできない。

「君は、色んな顔を持ってるね。最初に見た時は、地味な子だなあって思ったけど」

くすくすと笑う野上に、ひどいと眉を下げる。確かにそれは自覚しているが、こんな時に言わなくてもいいではないかと若干拗《す》ねた気分になった。

「でも、演技してる時は別人みたいに存在感があって……舞台の上に立つ君から、目が離せなかった。ああ、これがチサトなんだって思ったら、ぞくぞくした」

「……――そ、んな」

次々に与えられる告白めいた――むしろそのものな言葉に、驚きとともに羞恥が襲ってくる。そんなふうに言って貰える何かを、自分はもっているのだろうか。

「女の子の恰好をしても可愛いし。どこをとっても好みで、気がつけばはまってた」

だがその言葉を聞いた瞬間、動きがぴたりと止まる。そろそろと野上を見上げると、自分の言葉のどこにひっかかったのかわかったのだろう、違うよと優しい笑みを返された。

「しても、って言っただろう。似合うのと、そっちの方がいいっていうのは別だよ。俺は君がどんな姿をしてても可愛いと思う……ああ、でも」

一瞬で意地の悪い笑みに変わり、頬に手を当てられる。

「今のこの恰好が、一番綺麗で好きかな」

「……——っ！」

結局のところ、千里が千里であればそれでいいのだと。そう告げられ、泣きたくなるような感情がこみ上げる。

「大切に、するから」

「野上さん……？　んっ」

深く口づけられ、喉声を上げる。繋がったままの状態で苦しさはあったが、それよりも甘さの方が強くて自分からも求めるように舌を差し出した。数えきれなくなったキスにくたりと身体の力が抜けてしまうと、野上がもう一度唇を触れあわせたまま囁く。

「大切にする、誰よりも」

「……あ」

駄目だと思った瞬間、一気に視界がぼやけた。なんの前触れもなく滲んだ涙は、頬をつたって枕を濡らしていく。

「……っふ。野上さ……野上、さん」

まるで子供のように野上の首に腕を回して縋りつく。抱き返されたそれにさらに涙腺は緩みほとほとと涙を零す。

「昔も今も、全部ひっくるめて君は俺が貰う。だから、代わりに……」

俺の全部を君にあげるよ。そう囁かれ、涙を止められないまま頷いた。

「野上さん、好き……好き、です」

「うん、俺も好きだよ……──千里」

「え、あ……、や……っ!」

名を呼ばれ、だが一緒に襲ってきた感覚に身を捩る。それまでじっとしていた野上が、ゆるゆると腰を動かし始めたのだ。埋め込まれた熱で内壁を擦られ、これまでにない強い刺激にぞくぞくと腰からなんともいえない感覚が這《は》い上がってくる。

「だめ、……なんか、これ……あ、あ……っ」

次第に動きが激しくなっていき、野上の腕を摑んでいた手をとられる。指を絡めてシーツに両手を押しつけられると、それ以上の抵抗ができなくなり与えられるままに喘《あえ》ぐしかなくなった。

最初は、痛みと慣れない異物感の方が強かった。けれど徐々にそれが、落ち着かないような──むずがゆいような感覚にすり替わっていく。やがて内壁を擦るものに合わせ身体の奥が蠢動《しゅんどう》を始めた頃には、快感を追い求めるように腰を捩って身悶えていた。

「ん、ごめん……次からはちゃんと、つけるから……今日だけは、このまま……いい?」

がくがくと揺らされながら問われたそれに、なんのことか理解するまでに数秒かかった。

これまで隠していた欲情を露わにしたような野上の声に煽《あお》られながら、千里はこくこくと頷く。野上が与えてくれるものならなんでもいい。半ば朦朧《もうろう》としながらそれだけを告げると、微かな唸《うな》り声とともに突き入れる動きが一層激しくなる。

「あ、あ……怖、や……っ」

「痛、い……?」

こんな時になっても、そう聞いてくれる野上の優しさが嬉しい。むしろ痛くないから怖いのだとそう言った途端、そうと嬉しそうな声が聞こえてきた。

「や、も……だめ……」

「……──っ、いき、そう?」

目を閉じて、覚えのある感覚に声を上げれば、色の変わったそれを野上が正確に拾い上げる。羞恥も忘れて頷く千里に与えられたのは、いっていいよ、という唆《そそのか》すような声と追い上げるような動きだけで。

「あ、あああ……──っ‼」

最後の瞬間に感じたのは、握られた両手の力強さとこれまでにない心地好さ。そして、野上のものであることを刻むように身体の奥へと与えられた熱。

そうして初めて、千里は誰かと一つになるという感覚を、身体と──心で知ったのだ。

窓から差し込む光に、ふっと意識が浮上する。

柔らかな布団に包まれた身体は、いつの間にかサイズの合わないパジャマを身に纏っていた。布団の中で指先まで包むそれを見て、こんな服持ってたかなとぼんやり考える。

「……あれ」

よく見れば、身体にかかっている布団も見覚えがない。それどころか視界に入った天井すら目新しいもので、そこでようやくここが自分の家ではないことに思い至った。

（ここ、どこ……――）

寝惚《ねぼ》けた頭で身体を起こそうとし、腰の奥から突き抜けた痛みに顔を顰《しか》める。

「っ、痛……あ、れ」

突然の痛みで完全に覚醒《かくせい》する。ここが野上の家であること、そして昨夜《ゆうべ》この場所でやったことを思い出し、いたたまれなさに叫び出したくなった。

「うあ、ああ……」

転がって暴れたいのに身体が動かない。せめてもと布団を被《かぶ》って身を縮め、ううう、と唸り声を上げげた。思い出す過去はいつも千里に痛みをもたらしていたけれど、この記憶は恥ずかしさと甘さだけを運んでくる。

（でも、思い出したくない……）

何もかもが初めての経験で、その上差し出された言葉に泣いてしまった。千里の体調を慮《おもんぱか》り一度で終わろうとした野上に、もう少し抱いていて欲しいと言ったことなど、記憶から消してしまいたい。折角やめようと思ったのにとぼやきつつ、それでもしつこく身体を弄られたのも——多分、半分は自業自得だ。

ただまあ、それでも。大切にして貰ったことに違いはなかった。

『大切にする、誰よりも』

そう言って貰えた。それだけで十分だった。

「ああ、起きた？　思ったより早かったな」

カチャリと扉を開く音がし、寝室の扉が開く。布団の中で野上の声を聞きながら、顔を出せずにもぞりと身動いだ。

「もう少し、寝ててもいいよ」

ぽんぽんと布団の上から軽く叩かれた時、忘れていたもう一つの記憶が浮上する。羞恥が一気に霧散し、がばりと布団を剝いで身体を起こした。

「俺……っ痛、いたたた……」

腰から全身を駆け抜けた痛みに布団の上でうずくまると、無理しない、と苦笑混じりの声が落とされる。

「今日の稽古は休みを貰ってるよ。樫谷さんに、俺から連絡しておいた。どちらにせよ、先に体調を戻さないと」

「あ……でも」

勝手に役を降板したのだから直接会って詫《わ》びなければ。そう思いつつ、棚上げしたままの一番の問題に眉を寄せた。

昨日野上が、江沢と会う約束をしたのだ。助けて欲しいとは言ったが、根本的には自分がどうにかしなければならない問題なのだから、寝ているわけにはいかない。

「江沢さんには、俺が会いに行きます。だから……」

「まあだ、そういうことを言うかな。この口は」

「……ん、んん！」

呆れたように目を眇めた野上に、キスで言葉を封じられる。だって、と口を塞がれたまま言えば、ゆるく寝癖のついた前髪をさらりと掻き上げられ、キスをほどき額に軽くくちづけられた。

「江沢に会う約束をとりつけたのは俺だよ。むしろ、君には来て欲しくないんだけどね……特に今日は」

無駄に色っぽくなっちゃったし。つらりとそんなことを言う野上に、一瞬ぽかんとし、だがじわじわと頬が熱くなった。

「でも、任せっぱなしには……できません」

「じゃあ、何があっても俺の傍から離れないで、黙って聞いてるだけにするって約束してくれるかな」

「でも……」

「これ以上の、でもはなし。頷けないなら、もう一度動けなくしてでも置いていく」

パジャマの隙間から手を入れられ、素肌を指で辿られる。一旦寝て落ち着いてはいるものの、まだ官能の余韻を残した身体は、それだけでぴくりと反応を返した。

慌ててその手を摑んで止めると、ぎゅっと握る。

「……危なくは、ないんですよね？」

「向こう次第かな……でも、多分それはないよ。話をするだけだ」

納得はできないが、置いて行かれてしまうよりはマシだ。そう思い、千里はわかりましたと頷いた。


「朝倉先生、こんにちは。千里も……？」

野上が指定した待ち合わせ場所に来た江沢が、千里達の姿を認めて眉を顰める。

まばらに客の入った喫茶店は、ほどほどに人目はあるが聞かれる心配がないほどには席も空いている。店の奥のテーブルに座った野上と、その隣に座る千里。そして千里の背後の席に、高凪の姿があった。

「高凪恭司……？」

野上達以外の姿があるとは思わなかったのだろう。一瞬立ち止まった江沢は、だがすぐに気を取り直したようにテーブルへとやってきた。野上が向かい側の椅子を勧めると、無言でそこに座る。

「それで、どういう話でしょうか？　有名な小説家の先生が千里のことで出張《でば》ってくるなんて、大層なことですね」

「友人が困っていれば、助けるのが普通でしょう」

「友人ですか。この子供が？」

さらりと応えた野上に、江沢が面白いことを、と笑う。

「ま、後輩が困ってりゃ、手は貸すわな」

背後からぼそりと聞こえてきた高凪の声に、頬を緩める。高凪がここにいるのは、野上が同行を頼んだかららしい。念のための保険だと言っていたが、なんのことかは千里も知らなかった。

「世間話をしに来たわけでもないですから、本題に入りましょう。単刀直入に言います。あなたが持っている千里君の写真を、俺が買い取ります」

「……っ、な……」

何を言っているのか。そう言おうとした千里の口が、背後から回ってきた手に塞がれる。驚いて振り返れば、いつの間にか千里の背後に立っていた高凪が黙ってろと見下ろしてきた。

（何、なんで……）

「買い取る？　それに俺が応じると？」

「ええ。金額は、あなたがいますぐ埋め合わせに使わなければならない分……と言ったらわかりますか？」

「……——っ」

野上の言葉で、江沢の顔色がさっと変わる。対して表情を変えることなく野上が続けた。

「劇団、どうも上手くいっていないみたいですね。それに、立ち上げ前にあなたと結婚の約束をしていた、お金を貸していた、という女性の方が複数見つかったんですが」

そうして一拍置くと、ふっと口端を上げた。

「ほとんどが裕福な方で返済は諦めていましたが、その中で、貸したお金を返さなければ訴えると、そう言ってきた人がいたとしてもおかしくはない」

「……な、お前、それを……」

「誤解しないでください。相手の方から聞いたわけではないですし、あちらは俺のことなんか知りませんよ。ただちょっと、伝手《つて》を頼って調べさせて貰いました」

焦ったような江沢の様子に、千里は口を塞がれたまま黙って目を瞠る。

一体、どういうことなのか。目の前で繰り広げられる光景に、わけがわからないまま耳を傾けた。

「あなたが千里君を欲しがった理由は、彼自身だけですか？　半年前に、この子のお祖母様が亡くなった。一緒に暮らしていたのなら、多少なりとも遺産が譲られている——少なくとも、今もお祖母様の家に一人で住んでいるならその家や土地はあるはずだ。そう思っても不思議はない」

「……——え」

すでに高凪の掌は口から外されており、小さな声が零れる。でも、と茫然と呟いた。

「あそこは、全部……父さんの……え、じゃあ俺のところにこいって……」

確かに、祖母は生前贈与で遺産の一部を千里に与えてくれていた。それも祖母が亡くなってから契約していた弁護士に教えて貰ったのだが。

まさか江沢の目的は、千里自身ではなくその遺産の方だったのか。

「どうやら劇団自体も団員が不足しているようですから、人集めという意味でファンもついている彼を手に入れたかったというのもあるでしょうが」

続いた野上の台詞に、江沢が微かに舌打ちした。

「たいして売れてもねえだろ、そいつ」

「……――」

吐き捨てるような江沢の言葉に、傷つくよりもむしろどこか安心してしまった。なんだ、と唇だけが動き肩から力が抜ける。問題は解決していないけれど、過去の傷に捕らわれていた自分がひたすら滑稽に思えてしまった。

「どうしますか。あなたが持っている彼に関する写真を全て消して二度と近づかないと約束してくれれば、今回の返済に必要な金額を俺が負担します。水増ししても無駄ですよ。その辺の調べはきっちりついてますから」

どうしようかと迷っているのか、江沢が押し黙る。背後からそれを見ていた高凪が、いいことを教えてやろうかと笑った。

「お前は知らないだろうが。お前のとこの親父さん、俺の飲み友達でな。あんまうちの後輩につきまとってると、うっかり口を滑らせるかもしれねえぞ」

ぎょっとしたように高凪を見た江沢が、わかったと慌てて頷く。江沢の父親と言えば劇団『悠』のオーナーだ。初めて聞いたと高凪の方を見ると、にやりと楽しげに笑みを返された。得られるものとリスクの大きさとを天秤《てんびん》にかけ、ここが引き際だと認識したのだろう。江沢が続けた。

「その条件でいい。ただし、写真を消したらしらばっくれる、ってのはなしだ」

「もちろんだ。ただしそちらも、写真は目の前で全て消して貰う」

そして野上が、それから、と冷たい笑みで付け足す。

「万が一、写真が手元に残っていた場合——そして今後彼に関わった場合、こちらもそれなりの手段に出るから覚悟しておいてくれ。いいか？」

「……わかった」

怒濤《どとう》のような展開に理解が追いつかず茫然としていた千里は、そこでようやく野上が金を支払うと言ったことを思い出し慌てて口を開こうとした。

「の、朝倉せん……むぐっ……ん！」

だが再び背後から高凪の掌で口を塞がれてしまい、声は言葉にならなかった。離して、とその手を引き剝がそうとするが叶わない。一方で野上と江沢は、千里の存在など忘れてしまったかのように話を進めていく。

「じゃあ、話はこれで決まりだ。正式な手続きをして貰うから場所を移そう。あと、君の家で手持ちの写真がないか探させて貰うよ」

「写真はこれにしか入ってねえよ」

持っていたスマートフォンを振った江沢に、念のためだよと野上が肩を竦めた。

「こちらには、それを信じられるだけの材料がないからね。一応パソコンも確認させて貰う」

ちっと舌打ちした江沢が、ちらりと千里に視線を移す。目を眇めたその荒《すさ》んだ表情に昔出会った頃の面影は微塵《みじん》もなく、どちらが本当の江沢だったのだろうとふと思う。

「よくこれだけたらしこんだな、千里。さすが、昔から顔だけは使えるやつだ」

鼻で笑った江沢に、眉を顰める。野上の好意を下卑《げび》た言葉で踏みにじられたような気がして、高凪の手を無理矢理引き剝がした。

「そんなんじゃ……」

「お前の顔が好みだったのは本当だぜ？　霞が生きてりゃもう少し楽しめたんだが」

「江沢！」

野上が江沢を睨みつけて制止する。だがそれを鼻で笑っていなすと、千里を顎で指した。

「あんたも見たんだろ？　こいつの女装姿。どうせ俺に言われてやったとか言ってるんだろうが、満更じゃなかったんだぜ。死んだ姉貴の名前で呼ばれても平然としてたからな」

「それは、違……っ」

「まあ霞も顔と身体は好みだったから相手はしたが、世間知らずもいいとこだったからな。あんな病気の女になんか、本気になるか……っうわ！」

気がつけば、立ち上がり手元にあったコップを握っていた。中は氷水で、それを意識する間もなく江沢の頭に全てかけていた。姉を侮辱された。そのことに頭の芯《しん》が焼けつくかと思うほど腹が立ち、江沢に対する感傷や恐怖といったものが全て怒りに変わった。

「お前、何……っ」

「姉さんを馬鹿にするな」

怒りが一定ラインを超えると、声を荒げる気にもならなくなる。笑みも怒気もない冷徹なまでのその表情に、江沢が息を呑んだ。

やられてばかりでは業腹《ごうはら》で、意趣返しに千里の悲しさや悔しさに歪む顔が見たかったのかもしれない。だがこれまでにない反応をしたせいか、違う人間を見るような目で千里を見ていた。

そういえば、江沢の前で千里が怒ったことはなかった気がする。怒るという感情自体、あの頃はどこかに置き忘れていた。

「先、越されたな」

「まあ、これはこれで」

面白そうな口調で言った高凪の視線の先では、野上が拳をほどいて苦笑する姿があった。

立ち上がった野上が、江沢の隣に行きハンカチを渡す。それを受け取った江沢は、千里から目を逸らし怒りを滲ませた表情で濡れた髪と顔を拭いた。そのまま野上に促され席を立つ。

「ああ、あと一つ」

「なんだ……――っぐ」

すっと野上が江沢の肩に腕をかけたと思った瞬間、鈍い音とともに江沢が唸って上半身を折る。江沢の腹に埋まった野上の拳。視界に入ったその光景に思わず声を上げそうになったが、高凪に口を塞がれどうにか押さえこんだ。

「おっと、大丈夫か？」

先ほどの一瞬を見ていなければ、ふらついた江沢を野上が支えたようにしか見えなかっただろう。

「……っ、なに、しやが……っ！」

江沢が、苦しげに顔を歪め肩にかけられた腕を振り払おうとする。だが、野上に襟元を締めるように摑まれ叶わない。

「これは彼を侮辱した分だ。さて、じゃあとりあえず今そのスマートフォンの中の写真を消して貰おうか」

「……て、めぇ」

「別に騒いでもやり返してもいいけど、表沙汰になって困るのはどっちだろうね」

ぐっと喉元を締めた野上が不敵に笑う。ちっと舌打ちした江沢が、野上に促されるままスマートフォンを取り出して操作する。こちらからは見えないが、野上が頷いた様子で写真が消されたことがわかった。

よし、と頷いた野上が江沢を解放する。千里の方を振り返り、にこりといつも通りの笑顔を見せた。

「高凪と先に帰って待ってて。あとは俺が引き受けるから」

そう言って江沢を引き連れて店を去った野上に、結局千里は声をかけることができなかった。正確には、二人の姿が見えなくなるまで高凪が千里の口を塞いだままだったのだ。

話は戻ってからだと連れて行かれたのは、先ほどまでいた野上のマンションで。鍵を預かっていた千里とともに部屋にあがると、高凪がやれやれとほぐすように肩を回した。

「一件落着、かな」

「じゃ、ないです！　どうして、あんな……っ！」

ダイニングテーブルに座った高凪に向かって食ってかかる。

どうして野上があそこまでしなければならないのか。八つ当たりだとわかっていても、今この場にいるのは高凪だけなのだから仕方がない。

「まあ、一応。向こうに手を引かせるだけの札はあったんだよ。警察にもってくっていう手もな。けど、逆恨みされるようなやり方じゃ、またお前のところにくるだろ」

「でも……っ」

「写真も、データじゃ幾らでもコピーできる。なら、過不足ない餌《えさ》を目の前にぶらさげて交渉する方が、後々面倒が少ないだろうって。あいつがな」

それから、と高凪がもう一つ種明かしをするように教えてくれた。

「お前の情報を江沢に流してたの、新生《にいお》と事務バイトの女の子だった。新生は元々江沢の知り合いみたいでな。情報を流したら悠に移籍させて貰う手筈《てはず》だったらしい」

新生とは、千里を目の仇《かたき》にしていた——高凪の誕生日の時に突っかかってきた、また双子を演じることに反対したあの団員だ。大手劇団である悠を餌に江沢が唆したのだろう。

事務バイトの女性は、千里の個人情報から電話番号やメールアドレスを盗み見て教えたのだという。二人への対応については上の人間に任せていいかと確認され、頷く。

「まあ、江沢も根は坊ちゃん育ちだし、当面の問題が片付けば大人しくなるはずだ。それに念のため切り札はとってある。写真を消したあとでそれをちらつかせときゃ、手は出してこなくなるさ」

そこまでのリスクを冒すほどの度胸はないだろう。そう言った高凪に、でも、と未だに納得できないと千里が唇を噛む。

「大丈夫だよ。あいつだって馬鹿じゃない。法外な額なんか出しやしないさ。多少の出費があっても、お前を速攻で助ける方があいつにとって有意義だった。それだけのことだ」

「……――」

そんなに気になるなら、しばらくあいつにサービスしてやれ。そう言って笑った高凪に、ぎくりとする。何をどこまで知っているのか。そう探るように見ていると、からりと笑いながら手を振った。

「お前が話したってことは、あいつが好きだっつったんだろ」

「え、いや……違……」

急いでかぶりを振ると、他には隠しといた方が利口だがなと肩を竦める。

「あいつ、お前の演技にえっらい惚れこんでたから、手ぇ出すなよとは言っといたんだが。お前がいいならいいか」

あっさりと肯定前提で話を進める高凪に、あの、と千里が声をかける。どうしてこんなに普通にオープンなのか。思考が追いつかず目を回していると、この業界じゃそうそう珍しくもねえだろと高凪が笑う。

（え、そう？　そうだっけ……？）

役者として多少なりとも裏事情などは見てきたつもりだが、男同士が付き合うことに寛容な風潮などあっただろうか。そんなことを思っていると、お前噂話には疎いからな、とよしよしと頭を撫でられる。さすがにそれは馬鹿にされているとわかり、目元を尖らせてやめてくださいと手をはねのけた。

「っと、そうだ。お前、あと三日間は休みだ。とりあえず食って寝て少しでも体力戻せ。その代わり、戻ってきたら猛特訓だからな。本番まで時間もないし」

「え、でも俺降板……」

「してねえよ？　ちなみに明日からの三日間は、休みじゃなくて個別練習ってことになってるから。休みの間は佐和にしごかれろ。稔にも時間空けて付き合うように言ってある。あいつ鬼だから頑張れよー」

他人事《ひとごと》のように言う高凪に「え！」と声を上げる。一体何がどうなっているのか。確かに樫谷に直接降板だと言ったわけではないが、昨日確かに、佐和がやると言っていたのに。そして三日間佐和と稽古というそれに、若干憂鬱な気分になる。

結局休みなのに休みになっていないんじゃないか。その言葉はかろうじて飲み込んだ。

「それと、佐和から伝言だ」

そして、高凪が言われた内容をそらんじるように告げる。

「えーっと……次の稽古で腑抜《ふぬ》けた演技してたら、今度はきっちり降板にしてやるから覚悟しておけ、だってさ」

「……――」

「本当のこと言うとな、お前が調子悪くなり始めた頃に今回は佐和に変えるかっつー話は出てたんだ。あいつが帰ってくるってのは聞いてたからな」

「あ……」

ふと、真面目な声になった高凪がこちらを向く。そこには笑みはなく、ここ最近のチサトの演技は上《うわ》っ面《つら》だけだったからなと厳しい意見を突きつけた。

佐和がやれば確実に役はこなせる。また知名度も格段に違うため集客も上げられる。劇団にとって不利益になるようなことは何もない。

「けどまあ、なんか問題抱えてるのはわかったし、野上にぎりぎりまで待ってやってくれって頼まれたんだよ。俺達も、お前でやれりゃあそれが一番よかったし」

佐和は、できるだろうがイメージが違うんだ。それに、若手を育ててチャンスを作ってやることも劇団の仕事だ。そう言った高凪の言葉に、胸が痛くなる。

野上も高凪達も、ずっと千里のことを考えてくれていたのだ。なのに自分は、相談しようとも思わずただ問題が通り過ぎていくのを待っていただけだった。

「ってことで、期待されてる分頑張れよ。今回のは話題になるだろうからなー。絶対失敗できないぞ、お前」

楽しげにそう言った高凪の言葉に、千里は「え?」と首を傾げた。

「え! 今回の話、朝倉先生が書いたって公表するんですか⁉ それに小説にして、映画化するかもって……ええぇ」

驚きのあまり声を上げた千里に、ダイニングで椅子に座った野上が、コーヒーを飲みながらあっさりと頷く。向かい側の椅子に腰を下ろした千里の前にも、入れたばかりのコーヒーが置かれている。

「ずっと前リバースに打ち合わせに行った時に、顔見知りの監督さんに鉢合わせてね。その人、樫谷さんの知り合いだったんだ。それでやらせてくれないかって言われてて」

最初の頃は断っていたが、千里が一人二役を引き受けた頃に樫谷経由で再度打診があり、やってみてもいいかと受けたらしい。台本自体は舞台用に書いたもののため、付き合いの長い出版社に話を通し、小説として書き直して急遽《きゅうきょ》刊行することになったそうだ。

「だからよろしくね。舞台失敗して話がおじゃんになったら、俺の評判下がるから」

「え、いやそれは……」

他はともかく自分は保証できない。もごもごとそう言い募れば、よろしくね、とにこやかに念を押されてしまう。あまり意識していなかったが、そういえば目の前にいる人は千里がずっと好きだった小説家なのだ。その作品を自分が演じるというプレッシャーが、改めて肩にのしかかる。

あれから仕事があるからと帰る高凪を見送り、生きてるかとメールをくれた稔に返信し。じりじりとした気分で待っていれば、日が落ちた頃に野上が帰ってきた。問題は全部片付いたよと言われ、数時間前に高凪に八つ当たりまじりにぶつけた言葉を野上にもぶつけたのだが。

「って、そうじゃなくて……野上さん、江沢さんに払ったお金、俺に払わせてください」

野上の顔を見るなりそう言ったものの、今の調子でなんだかんだと話を逸らされてしまっていた。今度こそごまかされないぞと真っ直ぐに見据えれば、野上がようやく観念したように苦笑する。

「あれは、俺が勝手にやっただけだからいらない。それより、舞台を頑張ってくれる方が嬉しいよ。ああ、そっか。なんなら身体で払ってくれてもいいけど」

「……っ！　野上さん！」

ふざけないでくださいと詰め寄るが、野上は気にした様子もなく笑う。

だがこればかりは譲る気のない千里の顔を見て、仕方がないといったふうに溜息をついた。

そしてふざけた気配を消して言う。

「本来なら、ちゃんと正式な方法で江沢を訴えて写真を消させるべきだったんだ。けど俺はそれより、手っ取り早くあいつを君の目の前から遠ざけたかった。だから、あの方法をとった。言うなればこれは俺の我が儘で、君にどうこうして貰う話じゃない」

きっぱりと言い切ったそれは、確固たるもので。それ以上言葉を継げなくなった千里は、でも、と唇を噛む。

「それじゃあ俺は、野上さんに……」

折角好きな人に、好きだと言って貰えたのだ。そんな負い目を作っておきたくなかった。そうじゃなければ、自分は野上の傍にいることもできない。

あれから野上は、普段の雑務や交渉なども頼んでいる弁護士である友人とともに江沢の家に行き、写真を消去させたらしい。案の定写真はパソコンに移してあり、野上が可能な限り探して消したそうだ。

その後正式な書類として、今後一切千里と野上に接触しないという念書を書かせたと教えてくれた。

改めて聞いたところによると、江沢は自身の劇団を立ち上げる前に結婚詐欺まがいのことをしていたらしい。複数人の女性と結婚の約束をし、しかもそのいずれもが資産家の娘で、劇団の立ち上げ資金として幾らずつかを江沢に貸していたのだという。そんな中、付き合っていた女性の一人が結婚詐欺ではなかったのかと疑い、貸した金を返すように要求してきたのだそうだ。

他にも、江沢のことを調べていた際に後ろ暗い過去があることがわかったらしい。念のため、別れ際にその証拠を握っていることを匂《にお》わせておいたため、これ以上近づいてくることはないだろうと野上が説明してくれた。

そこまでして貰って、なのに自分は何もしなくていいと言われ、そうですかと納得できるわけがない。そしてそんな千里に、野上が真面目だねと困ったように笑う。

「じゃあ、二つだけお願いを聞いて貰おうかな。それでチャラ。どう？」

仕方がないと妥協案を提案してきた野上に、これ以上食い下がっても無駄だろうと察した千里はわかりましたと頷いた。

お金に関しては、いつか絶対になんらかの形で返そう。心の中でそう決める。

「一つは、これから問題があったら絶対に包み隠さず俺に話すこと。関係ないからっていうのはなし。一人で考えたって、問題が大きくなっていくだけだから」

「……——もう一つは？」

「しばらく、君の家に一緒に住まわせて欲しい。こっちは、仕事もあってね。あの家を見て思いついた話があるんだ。折角だから、しばらくお邪魔させて貰えると嬉しい」

ついでに、一人でいると食事をしなくなるからその対策にも付き合って。そう言われ、それじゃあなんの交換条件にもならないじゃないかと肩を落とす。

「それ、俺にとって得なことばっかりですよね……」

「そう？　はっきり言って、いきなり家に他人が入るのってすごく邪魔だと思うよ。俺は仕事してればあんまり周りが気にならない方だからいいけど。それにもう一つも、君がまた何か抱えこんでるんじゃないかって気を揉まなくていい分、精神的に楽だし」

そう言われるとこれまでのこともあり反論できず、黙りこむしかなくなってしまう。

「実際、舞台が成功したら仕事が増えるかもしれないし。それが一番の恩返しかなあ」

今の知名度だけでも仕事は断るくらいに入っているだろうに。だからといって今の千里に具体的に何ができるかと言われてもさほどのことはできないため、諦めて頷いた。

「……わかりました。頑張ります」

「うん、よろしくね」

結局のところ、年齢的にも経験的にも勝てる要素など何もないのだ。諦めて肩を落とした千里に、満足げに野上が微笑む。

「あの、でも。いいんですか？」

もう一つ気がかりだったこと。何が、と問われ、躊躇いつつも続けた。

「朝倉先生だって公表して……。劇団では野上さんで紹介されてますし、江沢さんにも知られてしまうかもしれません」

江沢は、朝倉としての野上しか知らない様子だったのに。新生などから話が漏れて知られれば、また何か迷惑をかけてしまうかもしれない。

（それに、あんまり知られたくないって言ってたのに）

心配そうな表情に、野上が嬉しげに目を細めて千里の髪を撫でる。

「ありがとう、大丈夫だよ。今も最低限の顔出しはしているし極秘ってわけじゃないから。江沢の方も、それなりの対策はできるから知られても問題ない」

どうせその気になって調べればすぐにわかることだし。そう気楽な様子で肩を竦める野上に、それならいいですけどと少しだけ安堵して頷いた。

「さて……っと」

野上の手から、置こうとしていたカップが滑り落ちる。ほとんどテーブルに底がついていたため倒れはしなかったが、視界に映った拳に考える前に手が伸びていた。

「これ……」

引き寄せて見れば、右手の拳が赤くなっている。擦り傷がついたそれに、野上がばつが悪そうに手を引く。

「なんでもないよ、ちょっとぶつけただけで」

「……どこに、ですか」

じっと見つめたまま問えば、しばらく黙って目を逸らしていたものの、ちらりとこちらを見て溜息をついた。千里が怒っているのが気配でわかったのだろう。

「江沢に念を押す時に、ちょっとね。俺がやきもきさせられた分、八つ当たりも兼ねて脅しただけだよ。大丈夫、今度は殴ってないから」

決して千里のためとは言わない野上に、赤くなった場所をそろりと撫でる。

「……すみません。俺のせいで、こんな」

「これは自分のためって言っただろ。君の分は、こっちで返したし」

腹に一発入れるそぶりをして、君のお姉さんの分は君が返したしね、と笑う。先ほどの喫茶店での一幕だろう。自分でもまさかあんなことをしてしまうとは思っていなかっただけに、千里は気まずい思いで顔を伏せた。

「君は本当に、人のことだと怒るんだね」

さらりと髪を指先で撫でられ、先を摘《いと》まれる。顔を上げてというそれに、そろそろと顔を上げて野上を見た。そこにあった愛おしげな表情に、頬が熱くなる。

「……助けてくれて、ありがとうございました」

申し訳なさと慌てるあまり、一番大事なことを言い忘れていた。そう思っての言葉に、一瞬目を瞠った野上がひどく嬉しげに笑う。

「どういたしまして」

「……――あ、あの！」

高鳴る鼓動と熱くなった頬を誤魔化すように、咄嗟に声を上げる。同時に、高凪と話していた時から聞こうと思っていたことを思い出した。

「ん、何？」

「俺、降板になってなかったって言われて。……野上さんは、あの役やるのが佐和さんじゃなくてよかったんですか？」

「え、なんで？」

だが逆に不思議そうに聞かれてしまい、だって、としどろもどろに言葉を紡ぐ。

「野上さん、佐和さんの演技が好きだったんじゃないですか？　でもアメリカに行ってていなかったから俺に……」

「ちょ、ちょっと待って！　そんな話どこから……」

「佐和さんが舞台に出てた頃、野上さんが毎回観に来てたって劇団の人から聞いて。佐和さんなら女役だってできますし」

だから、本当はあの人にやって欲しかったんじゃないのか。そう問えば、目を丸くして聞いていた野上が、突然くくっと顔を背けて吹き出した。

「な……笑わなくても……っ」

「違う違う、ごめん。えーっと、佐和の舞台を観に行ってたのは、弟に頼まれてだったんだよ。あいつの大ファンなのは、弟の方。昔は喘息《ぜんそく》がひどくて、人が大勢集まるところは避けてたんだ。今はぴんぴんしてるけど」

自分が行けない分、観てきて感想を聞かせてくれと頼まれていたらしい。

「……そ、なんですか？」

「そう。確かに、大学の頃も一緒の演劇サークルに入ってたから、気心はしれてるけどね。あいつも高凪も、当時からうまかったから凄《すご》いとは思うけど。俺が好きなのは、君の演技」

はっきりと言われ、顔が熱くなる。

「大体、俺は最初から君にやって貰いたいって何回も言ってただろう？　元々、佐和が帰ってくるっていうのは君に頼む前から知ってたんだ。そのつもりなら、最初からあいつに頼んでるよ。わかった？」

「は、い。あ、りがとう……ございます」

変な誤解はしないようにと叱られるように言われ、そう言われればその通りだと赤くなっているであろう顔を隠すように俯いた。

それよりねえ、と不意に野上が立ち上がり、千里の横に来る。座ったままの千里の方へ腰を折って顔を近づけてくると、顎を取られて上向かされ口づけられた。

「……ん、う」

昨夜、散々繰り返され教え込まれたそれに、自然と唇が開く。抵抗なく受け入れた千里に嬉しそうに目を細めた野上が、千里の口腔を舌で味わうように貪《むさぼ》った。

「……あ」

ゆっくりと離れた唇を名残《なごり》惜しげに視線で追っていると、そんな千里の表情に野上が柔らかく微笑む。

「茅ヶ崎君と、随分仲がいいよね。彼も、そっけないのかと思ったらすごく君のこと気にかけてるし。むしろ江沢より、俺は彼と君の間柄の方が気になるけど」

「え？」

千里にとっては突拍子もない言葉に、一瞬思考が停止する。よくよく考えて、稔との仲を疑われているのだと理解した途端、全力で首を横に振った。

「違、違います！　稔は幼馴染《おさななじ》みでそんなんじゃ……痛っ！」

慌てすぎたせいで舌を噛み、涙目で口を押さえる。訴えるように野上を見ると、本当に、と念を押される。

「……本当です。ていうか、稔……彼女、いますから。俺が怒られるからやめてください」

彼女、怒らせると怖いんです。半ば懇願するように訴えれば、野上が笑いをこらえるような表情でわかったと頷いた。からかわれたのだと気づいた時には、もう一度口づけられごまかされてしまっていた。

「舞台が上手くいったら、お礼に何かプレゼントするよ」

何がいいと囁くように問われ、咄嗟に思いついたものが口をついた。

「小説……新刊、読みたいです」

その一言に驚いたように目を瞠った野上が、思わずといったふうに破顔する。

「わかった。ああ、そうだ。折角だから、千里君にやって貰えるような話にしようかな」

「……え！　いやそれは……」

逆に返されてしまったプレッシャーに口ごもった千里に、再び野上が軽くくちづけた。

「楽しみにしてて。面白いの書くから」

だから、頑張って。

大切な人の、背中を押してくれる優しい言葉。何よりも心強いその激励に、千里は幸せな気持ちのまま微笑んだ。

綴られた恋のゆくえ

舞台の上で、スポットライトを浴びた青年――チサトこと羽村千里《はねむらせんり》が深く腰を折る。着ているのは襟元の詰まったロングドレスで、腰から裾《すそ》にかけてふんわりと広がったスカートが上半身をより細く見せていた。髪には榛色《はしばみいろ》の、背中辺りまで長さのあるウィッグがつけられている。線の細い身体《からだ》つきと容貌《ようぼう》、そして仕草。それらはこうやって離れた場所から見ると、性別を知らなければ女性だと思ってしまいそうなくらいには違和感がない。

この舞台での千里の役柄は、双子の兄妹だ。平素の穏やかさと内面に秘めた激しさ。そういったものを――そして男女の一人二役を――見事に演じきってくれた。

着替えの関係上、千里が妹役で出てくるのは最初の数場面と、そして最終場面のみ。その他どうしても必要な場面は、背格好の似た団員がシルエットや後ろ姿を見せて演出でつなぐ構成になっていた。

実際、着替えとメイクの時間だけでもかなりの問題があったのだ。だが、様々な工夫とリハーサルを重ね、また演出によって出番を減らすことでどうにか上演可能な範囲に収めることができた。

二階席の最終列に座った野上祐成《のがみゆうせい》は、千秋楽《せんしゅうらく》での上演を無事に終え、カーテンコールで観客からの盛大な拍手を浴びている千里の姿に目を細めた。

この舞台の台本を手がけたのが小説家である朝倉孝司《あさくらこうじ》――野上であることは公演開始前に発表している。物珍しさからそれなりに話題にはなっており、だが実際に上演されるまでは冷やかしまじりの声が多かったのも事実だった。

普段舞台作品を手がけていない作家が書いた台本。朝倉の知名度で注目を集める分、よほどうまくやらない限り評価は得られない。失敗すれば二度と台本を書く機会はなくなるであろうこの舞台がどういう結末を得たか、それはたった今会場を満たしている満場の拍手が教えてくれていた。

今回の公演で、千里が劇団『悠《はるか》』に所属していたことや、その頃少女役などをしていたこともちらほら噂《うわさ》には上っていた。だが幸いマイナスになるようなものが表に出てくることはなく、万が一の場合も今所属している劇団『リバース』側で対応できるよう準備はしていたらしい。

『舞台に影響があるかもしれないですから』

そう言った千里の希望で、先日起こったトラブルのおおよその経緯が、高凪《たかなぎ》を通して樫谷《かしたに》を始めとしたリバースの経営者陣に報告された。千里は被害者であったものの、表沙汰《おもてざた》になれば無用な騒動を引き起こしかねない。報告後にキャスト変更も視野に入れて話し合いが行われたが、最終的に問題ないと判断され変更はなしとなったそうだ。

『やらせて貰《もら》えて嬉《うれ》しいです。頑張ります』

結果を聞き、心から喜んでいるとわかる笑顔でそう告げた千里の顔を思い出し、ふっと口元が綻《ほころ》ぶ。

「ね、ね！　すごかったでしょ！」

「うん、声はやっぱり男の子だったけど、でも綺麗《きれい》だったし全然違和感なかった！　あの子今まで全然チェックしてなかったよ。稔《みのる》もかっこよかったし、観《み》に来てよかった！」

隣に座っていた二人連れの女性が、喜色を浮かべて小さな声で話し始める。気がつけばアンコールも終わり、暗かったホールに明かりがついていた。一人は何度目かの観劇になるらしい。興奮気味に感想を言い合っているのを耳にしながら、野上は口元に浮かんだ笑みをそのままに席を立った。

大衆の目に触れる以上、当然好意的な反応ばかりが返ってくるわけではない。批判的なものも一定数あり、だがこうして観た直後に『楽しかった』という感想が聞けるのは嬉しいことだった。

(帰ったら、千里君に礼を言わないとな)

この舞台の成功は、リバースの面々の努力と、男女一人二役という役柄を引き受けてくれた千里のおかげだ。

チサト、という役者の名前を最初に聞いたのは、この舞台のキャストについて友人でありリバース所属の俳優である高凪恭二《きょうじ》と話している時だった。穏やかさと冷徹さのギャップを表現できる役者がいい。そう希望を出したところ、チサトという若手を薦められたのだ。

『うちに入ってまだ三年くらいだが、実力はある。この役には合ってると思うぞ』

高凪が目をかけているらしい役者に興味はあった。だが実際にプロフィール写真を見てぴんとこなかったのも事実だった。

顔は整っているが地味、大人しそう。それだけの人間がリバースの団員になれるわけがないと知っていても、チサトの印象はそんな感じだったのだ。

ただ最初の頃は、正直この舞台に対してそこまでのこだわりはなかった。希望を聞かれ、メインキャストのイメージくらいはちゃんと伝えておこうというその程度だったのだ。自分よりも高凪達の方が、雰囲気にあった人間を選べるという信頼感もあった。

またその頃の野上にとっては、このまま小説家としてやっていけるのかという、そのことの方が重要だった。

これまで書いたものと、どう違うのか。面白いのか——売れるのか。客観的な視点がぶれ始めると、それまで問題ないと思っていたものに次々と迷いが出始めてしまう。受けた仕事をどうにかこなしてはいたが、付き合いの長さから高凪には気づかれていたのだろう。筆が進まなくなり潔くやめてしまおうかという方へ心が傾いてきた頃、たまには違うことをやってみろと舞台の台本を書くことを強く勧められたのだ。

野上が大学時代に演劇サークルで書いた台本を、以前、何かの話の種として高凪が演出家である樫谷に見せたらしい。それが意外なことに気に入られ、機会があれば書いてみて欲しいと言われてはいた。

この際、違うことをやってみるのもいいかもしれない。実際にそれが使われるとも限らないのだから、いっそ何も気にせずに書いてみようか。最初はそんな気分だった。そしてもしこれをやっても、状況や気持ちに変化がなければすっぱりやめよう。大学卒業後に一度就職し、数年前に専業となるまでずっと会社勤めをしていたせいか、それだけは潔く決断することができた。

どのみち、書けない状態で仕事を受けても自分の首を絞めるだけだ。小説家の自分というものにもさほど未練はなかった。

だが、そんなどこか投げやりな気分が動かされた出来事があった。

チサトという青年から向けられた怒り。

イメージがぴんとこないなら、実物を見にくるか。高凪に誘われ、実際にその機会が訪れたのは、打ち合わせを兼ねてリバースの稽古場へ行った時のことだ。最初に偶然廊下でぶつかった時は、写真で見た『チサト』の顔を覚えておらず、団員の一人だろうくらいにしか思っていなかった。

その直後、高凪に件《くだん》の『チサト』だと紹介され、試しに怒らせてみようと初対面で嫌な態度をとってみたのだ。だがチサトは怒りを露《あら》わにするどころか自信なさげに高凪の陰に隠れようとしていた。そこに気分を害したような気配は微塵《みじん》もなく、よほど鈍いのかと思ってしまったほどだ。

けれど、高凪に対して野上が書いた本を見せ嬉しそうに笑っていたその表情だけは、妙に脳裏に焼きついていた。

そして二回目。高凪の助言に従い千里が持っていた朝倉孝司の本を貶《けな》すと、今度は面白いほど明確な怒りをみせた。他人に対してそういった感情を向ける度胸はないのではないか。前回でそう思っていただけに、その反応は意外だった。

『面白いか面白くないかは自分で決めます。それに、少なくとも俺はこれが好きです』

はっきりとそう言い切った言葉には意志の強さが窺《うかが》え、相手の中に自分の作品に対して面白いという価値観が確固たるものとしてあることに、これまでにない嬉しさを感じた。またその時の表情が舞台用に書いた台本の登場人物を彷彿《ほうふつ》とさせるもので、その後すぐに高凪に話を進めて欲しいと連絡を取ったのだ。

「あ、先生こんにちは！」

ホールを出て楽屋の方へ向かうと、出演はしておらず運営スタッフとして立ち働いている団員が笑顔で声をかけてくる。

「忙しいところにすみません。挨拶《あいさつ》だけしてきてもいいですか？」

「もちろんですよ。まだちょっとごった返してますけど」

挨拶とともに奥に通され、慌ただしく行き交う人波の中へと入っていく。渡されたパスを首にかけ邪魔にならないよう壁際を通りながら、人だかりの中に目的の人物を見つけそちらへと向かった。

「おお、野……じゃなくて、朝倉先生。お前、来るなら来るって言えよ。こっちで席準備したってのに」

「いいんだよ。折角チケットがとれたんだから、使わないともったいないだろ」

片手を上げて声をかけてきたのは、スケジュールを空けて様子を見に来ていた高凪だった。上演期間にドラマの撮影がまともに重なってしまい、初日と千秋楽の今日しか観に来られなかったらしい。高凪の隣に立っている衣装を着たままの千里に笑いかけると、ぱっと嬉しそうな笑みが浮かんだ。やに下がりそうになった顔を、どうにか笑顔のまま保つ。

「チサト君、お疲れさま。最後までありがとう」

「いえ、俺の方こそやらせて貰えて光栄でした。ありがとうございました」

声をかければ、こちらに向き直った千里が改めて頭を下げてくる。そこに先ほどまで舞台上にいた女性の雰囲気は欠片《かけら》もなく、しみじみとこの青年が役者なのだと納得した。

他の出演者達からも次々と声をかけられ挨拶をしているうちに、気がつけば千里は同年代の団員達に囲まれていた。隣にいるのは千里の友人である茅ヶ崎《ちがさき》稔で、恋人同士だった役柄同様寄り添うように隣に立っている。

（ああ、脚がそろそろ限界かな）

控えめに笑っている千里は、稔の腕につかまり軽く体重をかけるようにしている。スカートをはいているせいか、そうと知らなければ左足を庇《かば》っているようには見えないだろう。

昨日《きのう》の帰り、雨に濡《ぬ》れた駅の階段で足を踏み外しかけたらしい。さほどひどくはなかったため、一晩湿布をして朝テーピングで固定して送り出した。

さすがに樫谷には報告すると言っていたが、他の出演者達には言っていないようだ。舞台を観ても足を痛めているとは微塵も思わなかったため、誰も気づいていないのだろう。

だが稔は知っているらしく、それとなく千里の身体を支えていた。

千里にとって気心のしれた相手だとわかっていても、他の男に頼っているのは見ていて面白くない。自分が出て行くのは不自然だとわかっているため大人しくしているが、本音では今すぐ千里のところへ行って攫《さら》ってきてしまいたかった。

「顔、本性でてるよ。俺のに触るなって、本音ダダ漏れ」

壁に寄りかかるように立っていたところで、隣からぼそりと小馬鹿にしたような声がかかる。見ればそこには、リバースに所属するもう一人の友人、佐和真紘《さわまひろ》が立っていた。今日は高凪と様子を見に来たのだろう。少し前に帰国してから休暇をとっていたものの、上演期間中から再び日本で俳優としての仕事をこなしていた。

「本性って、別に何も考えてないけど」

「顔だけ優しそうなくせして、目が笑ってないよ。少しは自重すれば」

ふん、と鼻で笑いとばした佐和に、わかってると肩を竦《すく》める。

「とことん他人に興味の薄い人間がどんなのを選ぶのかと思ったら。まさかあれとはね」

「かわいいし、かっこいいだろう？」

呆《あき》れたと言いたげな声に自慢げに胸を張る。すると返ってきたのは絶句した気配と、眉間《みけん》に深く皺《しわ》を刻んだ心底嫌そうな表情だった。

「……うざ。お前、誰。鼻の下のばした男の惚気《のろけ》なんか聞きたくもないよ」

「俺だって昔、誰かさんから散々その惚気話を聞かされてたんだ」

「じゃあ、そいつに言えば」

至極もっともな意見でばっさりと切り捨てられ、野上は小さく笑う。こちらも、いい加減長い付き合いなのだ。親しい相手ほど辛辣《しんらつ》な物言いをする佐和の性格も熟知している。

「佐和も、帰って早々ありがとう。力になってくれて」

「別に。俺はただ腑抜《ふぬ》けたやつがリバースの舞台に立つのが我慢ならなかっただけだよ。むしろ、土壇場で持ち直して引き摺《ず》り下ろしてやれなかったことの方が残念だ」

「何おっかねえ話してんだ真紘。お前、後輩はちゃんと面倒みてやれよ」

笑い含みで話に加わってきた高凪を、佐和が睨《にら》みつける。

「うるさい。やってるだろう、この上なく」

「あー、まあ確かに。お前、嫌いな人間は視界にも入れないからな。けど、もう少し手加減はしてやれ。チサトのやつ怯《おび》えてただろ」

「はあ？　面倒見るのと甘やかすのは違うだろ。どいつもこいつも、二十歳《はたち》過ぎた野郎を子供扱いして何が楽しい」

身も蓋もない言いざまに、野上は高凪と顔を見合わせ苦笑する。子供扱いをしている気はないが、追い詰められても誰にも頼ろうとしない——頼るという選択肢を最初から捨てているような千里を見ていると、つい手を出したくなるのは事実だった。恋愛感情をもつ野上はともかく、高凪などは歳《とし》が離れているせいで弟のような感覚もあるのだろう。

そういった意味では、千里を役者として一番対等に扱っているのは佐和だった。

「そもそも俺は、ああいうなんでも自己完結するようなやつが一番気にくわないんだ。稔とあいつ、タイプは違うけど中身そっくりじゃないか。人が何言ったって最終的には自分でどうにかする上に、無駄に一人でなんでもこなして可愛《かわい》げがない」

「それはあるな」

ははは と笑い飛ばす高凪に、頭が痛いと佐和が眉《まゆ》を顰《ひそ》める。

「全く、付き合ってられるか」

溜息《ためいき》をついたところで、佐和が他の団員から声をかけられる。客が来ているというそれに一瞬で微笑《ほほえ》むと、たった今まで交わされていた会話が嘘《うそ》のように優しげな口調で「わかったすぐ行く」と答えた。

「お前の外面《そとづら》のよさも相変わらずだな。日本出て多少は変わるかと思ったが」

「向こうの方が楽だったよ。言いたいこと言う方が当たり前だからね。それにこっちじゃこの方が何かと便利だろ、笑ってれば騙《だま》されてくれるんだから」

優しげな表情とは正反対の言葉で締めると、佐和がその場を離れていく。その背中を見送り、野上は相変わらずだなと溜息を落とした。

「あいつの場合は、もうちょっとチサトの可愛げを見習ってもいいと思うんだが」

「それ、佐和の前では絶対に言うなよ。千里君に被害が行く……それより、悪かったな手間かけさせて」

何を、とは言わないそれに高凪が笑う。

「俺はできることしかやってねえよ。あとは上手《うま》くいくことを祈るのみだ」

少し前に、高凪の広い人脈を生かして人を紹介して貰ったのだ。千里が巻きこまれた――正確には狙《ねら》われた――トラブルの片をつけるために。

「連絡があった。あいつが詐欺を認めなくて話し合いがこじれていたらしくてな。被害者が他にもいることがわかった時点で、そちらと連絡をとって被害届を出すことを決めたそうだ」

高凪だけに聞こえるよう声を抑えて告げると、そうかと明るい声が返ってくる。

「ってことは、ほぼ自業自得か。正真正銘の馬鹿だな、あいつ。親父さんは鷹揚《おうよう》でいい人なんだけどなあ」

やれやれとこちらも声を落として呟《つぶや》いた高凪に、悪かったともう一度謝る。相手がどういった人間であれ、高凪にとっては親しい間柄の人の身内だ。事件になれば本人だけの責任にとどまらないことはわかっていたのに手伝わせてしまったことは、申し訳ないと思う。

「お前が謝る必要はねえよ。あれで有耶無耶《うやむや》にしたら、あいつ絶対同じことを繰り返すからな。けど下手《へた》に俺達が動いて、とばっちりをうけるのはチサトだ」

「ああ……――」

あいつ、とは言うまでもなく、先日起こったトラブルの加害者――過去の写真で千里を脅していた江沢《えざわ》のことだ。

千里から話を聞いた時、野上は江沢に対して殺意に近い怒りを覚えた。だがその怒りを正面から江沢にぶつけても、それは野上の自己満足にしかならない。まずは早急に、かつ、千里に対して恨みが向けられないような状態で江沢を引き離す。報復はそれからだと、野上は高凪に協力を仰いで方々に手を回したのだ。

野上や高凪が江沢と関わったのは、写真の消去と引き替えに金を融通したことと、今後二度と千里や野上に近づかない旨の誓約書を書かせたところまでだ。

以降は、高凪に紹介して貰った人物に動いて貰い、江沢に金を貸したと思われる女性達に実は結婚詐欺の被害に遭っていたのだという情報を流した。

タイミングよく、江沢に金の返済を求めていた女性が、他にも自分と同じような人間がいるかもしれないと調査会社に調査を依頼していたらしい。被害に遭ったけれど事情があり公にできない女性の代理人という立場で、そちらに情報を流して貰ったのが決定打になった。

同じ過ちを起こさせないためにも、一度きちんと訴えておいた方がいいのではないか。女性達のうち数人が集まり、その方向で話がまとまったらしい。被害届を出したあと、起訴されるか示談ですむかはわからないが、その結末は彼女達が決めればいいことだ。

話が大きくなった以上、江沢はそれ相応の社会的責任をとらなければならない。ひとまずはそれで十分だ。もちろん今後千里を逆恨みするようであれば、その時は容赦しないが。

「とりあえず、この話はこれで一段落だな。当分は、お前達も気をつけておけよ」

お疲れさん、と高凪に肩を叩《たた》かれ頷《うなず》く。

「千里君にはこのこと……」

「言わねえよ。安心しろ、お前の性格が捻《ひね》くれてる上にしつこいことなんざすぐにばれる」

心得ていると笑う高凪に、最後は余計だと軽く睨む。

「人のこと言える立場か」

「ははっ！　まあな。っと、じゃあなあとでな」

後輩の団員に呼ばれた高凪を見送り千里がいた方を見ると、ようやく周囲から解放されたらしく稔に連れられて更衣室になっている部屋へ入っていくところだった。

華奢《きゃしゃ》な背中は、頼りなげだがしっかりと伸ばされている。誰にも相談できずに問題を抱え込んでいた間も、少しずつやせ細っていく身体とは裏腹に決して暗い表情を見せなかった。

しっかりと立っているのにどこか危うげで。少しずつ縮まっていった距離を詰めれば、脱《だっ》兎《と》のごとく逃げていく。その手をようやく摑《つか》み細い身体を抱きしめることができた時は、自分の中にこんなに強い感情があるのかと思ったほど、深い安堵《あんど》と喜びを感じた。

精神的な強さは、だが根本に潜むものが孤独感であるがゆえに与えられた痛みが全て内側へと向かってしまう。だからこそ、折れてしまう前にどうにかして誰かに頼っていいのだということを教えたかったのだ。

部屋の扉が閉まる前、隙間《すきま》からちらりと千里の幸せそうな笑顔が見える。屈託のないそれを守ることができたのだという満足感と、それが自分以外の人間に向けられていることに対する軽い嫉妬《しっと》。

これまで誰に対しても感じたことのない独占欲に、野上は小さく苦笑した。

「ありがとうございました」

「おつかれっした！　朝倉先生、ありがとうございました！」

元気のいい声とともに、後部座席に座っていた二人――稔と楠木《くすき》という青年――が車から降りていく。劇団内でも同年代で特に仲のいい二人を、助手席に座った千里が手を振って見送っている。

あれから打ち上げに誘われ、終わった頃には日が変わろうかという時間になっていた。まだ飲み足りないという面々はそのまま二次会に雪崩《なだ》れ込んでいったが、半数近くは引き上げ野上もさすがにそこで辞退した。

車があるから送っていくと理由をつけて千里を捕まえ、一人だけ送るのは不自然なため、最寄り駅が同じ方向だという稔と楠木も誘ったのだ。

路肩に停《と》めた車の窓を開け、駅を背にして歩道に立つ二人に声をかける。

「お疲れさま。二人とも気をつけて帰ってね」

野上のそれに、揃《そろ》って頭を下げてくる。同時に「あ」と千里が小さく声を上げ、すみませんと申し訳なさそうな様子でこちらを見た。

「稔に渡し忘れたものがあって。少しだけ待って貰ってもいいですか？」

「いいよ、大丈夫。行っておいで」

頷くと、もう一度すみませんと謝り千里が車から降りる。軽く脚を引き摺り稔のもとに向かうと、鞄《かばん》から何かを取り出そうとし始めた。

やがて引っ張り出したのは封筒で、訝《いぶか》しげな顔をする稔に差し出す。千里から受け取り中を見た瞬間、稔の眉間に盛大な皺が刻まれ、あまり歓迎したいものではなかったのだろうことは容易に想像がついた。横から覗《のぞ》きこんで、楠木が声を上げて笑う。

千里の肩に腕を回して細い身体を引き寄せた楠木が、内緒話をするように耳元で何かを告げる。それに目を見開き、笑いながら千里が頷いた。

二人の正面に立つ稔が、封筒を鞄に入れ、千里と楠木の頭に順番にげんこつを落とす。結構な力が入っているらしいそれに、千里達は揃って頭頂部を掌《てのひら》で押さえた。

ふと稔が千里を呼び、少し離れた場所に行く。

千里は、稔から何かを言われているようだった。いつもの少しおっとりしたような雰囲気でそれを聞いていた千里が、はっとしたように目を瞠り、やがて視線を地面へ落とす。再び何か告げた稔に軽く頷き、顔を上げた時には笑ってみせていた。その表情の柔らかさに、ちり、と胸の奥が焦げるような痛みが一瞬過ぎる。

未《いま》だ自分に対して遠慮の強い千里は、どこか構えたような雰囲気がある。対して稔にはそれがなく、一緒に話しているところを見ると無防備な表情をしていることが多かった。

(まあ、まだこれからかな)

恋人という立場になったからといって、全《すべ》てが一気にわかりあえるわけではない。これから色々と話して、触れあって。そうやって関係を築いていくことから始めればいい。

それでも、自分以外の誰かに独占したいと思うほどの笑顔を向けることに対して嫉妬するくらいのことは、しても構わないだろう。

あまり見ていると顔に出てしまいそうでさりげなく二人から目を逸《そ》らしていると、その後すぐ助手席のドアが開く音がし千里が再び車に乗り込んでくる。

「もういいの？」

「はい。ありがとうございました」

ぺこりと頭を下げた千里に頷き、車のエンジンをかける。駅に向かいながらこちらに会釈をしてきた稔達に軽く手をあげ、千里がシートベルトをしたのを確認して車を発進させた。

「今日もうちでいいかな」

「はい。すみません、結局期間中ずっとお世話になってしまって」

「俺がそうしろって言ったんだし、高凪も茅ヶ崎君も賛成してくれただろう？」

千里は公演期間中の多忙さの中でも、いつも家から通っていたらしい。それでも最終日が近くなると体力的に保たなくなり、稔から強制的に近くにある自分のマンションに連れて帰られることもあったのだという。

そういった背景は知らず、近いからという理由で公演期間中は自分の家で寝泊まりしたらどうかと提案したのだが、その話に本人よりも先に高凪達から賛成の声が上がった。

『ちょうどいいだろ。近いし、便利だし。なあ、稔』

『俺は今回、手ぇ出しませんから。こいつの面倒見て恨まれんのはごめんです』

結局、二人の後押しもあり千里はずっと野上の家から劇場へと通っていた。実家の方は長期で留守にする時はいつも、隣家の人に様子を見て貰うよう頼んでいるらしい。

「あの、野上さん……」

「ん？」

何事かを言いかけ、だがすぐに「いえ」と続けた。

「あとからでいいです。それより、今日はありがとうございました。最終日でしたし、来てくださって嬉しかったです」

「俺が単純に観たかっただけだよ。やっぱり舞台は迫力が違うね。千里君も綺麗だった」

「俺は……他の方に助けて貰ってばっかりでした」

照れたような声に、綺麗だったよ、ともう一度繰り返す。

「どっちの役の時も、すごく。他の人にはできないから高凪に自慢してたら、お前が威張るなって怒られたけどね」

「じまん……」

野上の子供のような台詞《せりふ》に茫然《ぼうぜん》とした声が返される。だが、やがてありがとうございますと小さな声が聞こえてきた。羞恥《しゅうち》の滲《にじ》んだ、それでいて嬉しそうな気配。はにかんでいるであろうと想像がつくだけに、運転中であることが悔やまれた。

「うーん、やっぱり話は帰ってからの方がよさそうだ」

「え？」

「運転してたら、千里君の顔が見られないし。もったいない」

「……見なくていいです」

赤くなっているのか、千里が片方の手で頬を押さえるのが視界の端に映る。やっぱりもったいない。そう繰り返すと、返ってきたのは無言の答えと恥ずかしそうな気配だけだった。

風呂上がりのシャツとスウェットという姿でリビングに戻ってくると、ラグの上に座り部屋の中央に置いたテーブルに突っ伏して眠る千里の姿があった。

帰った時は公演を終えた興奮が残っていたせいか元気な様子だったのだが、風呂に入り落ち着いたところで体力が尽きたのだろう。隣にしゃがみこみ、規則正しい寝息をたてている千里の顔を覗く。指先でそっと頬にかかった髪を避《よ》け、あどけなささえ感じさせる寝顔に頬を緩ませた。指に触れた髪はまだ若干湿り気を帯びている。

捻挫《ねんざ》をした左足首は、千里が風呂から上がった時点で湿布を貼りサポーターで固定した。明日から一週間は稽古も休みになるそうで、治すにはちょうどいいだろう。

昨日は軽かったそれも、今日の舞台でだいぶ悪化していることは明らかだった。舞台が終わったあとに一応の手当てはされており、打ち上げの時も平気そうな顔をしていたが、帰り際から少しだけ脚を引き摺るようにしていた。

(この怪我《けが》は、まあ……あれとは関係ないとは思うけど)

駅で階段を踏み外したと言っていたそれが、千里らしくないとは思っていた。自分の不注意で他人に迷惑をかけることを極端に気にする性格だ。役者としての責任感もある千里が、しかも上演期間中に気をつけていないとは思えなかった。

『昨日、つい最近退団した人が駅でチサト君に絡んでるのを見かけて……私が変に声をかけたりしなかったらよかったんですけど』

千里が着替えに入ったあと、同年代の女性団員が救急箱を抱えていたため湿布を貰えないかと声をかけたのだ。怪我をしたのかと慌てる彼女に、チサトが足を痛めているようだからと話すと、ちょうど手当てに行くつもりだったのだと教えてくれた。

怪我の原因を知っているかと聞くと、躊躇《ためら》いつつも話してくれた。どうやら、今日の上演が終わるまで誰にも言わないようにと千里が口止めしていたらしい。

昨日の夜、野上の家に向かう路線の駅でリバースを退団した新生《にいお》が千里に絡んでいた。偶然見かけた女性団員が千里を心配し声をかけた際、新生の腕が彼女にあたり階段から落ちかけたらしい。咄嗟に千里が庇いことなきを得たが、その時に左足を痛めたそうだ。

新生はそれからすぐに立ち去り、チサトも大丈夫だとは言っていた。そう言い、黙っていることに罪悪感があったのだろう、女性団員はすっきりした顔で千里のもとへ向かった。

新生といえば江沢の知り合いで、リバース内でのチサトのことを色々と教えていた青年のことだ。

あのトラブルのあと、千里の個人情報を江沢に流した事務アルバイトの女性は当然ながら解雇となった。そして事情を聞かれた新生もリバースを自主退団したと聞いていた。新生に関しては、強制的に退団させるほどのことをしたわけではなかったが、役を与えられないことに不満を零《こぼ》しながらやめていったそうだ。

江沢の口利きで劇団『悠』に移る予定だったのだろう。が、高凪の話ではそれで入団できるほど甘い劇団ではなく、新生の実力ではまず無理だということだった。

その上、当の江沢がそれどころではない事態に陥っている。千里に絡んできたことから推測して、移籍は上手くいかなかったのだろう。

どちらにせよ、千里に余計な火の粉が降りかかってこなければいいが。そう思いつつ、なかなか自分からは助けを求めてこない青年の寝顔を見下ろし苦笑する。

「本当に強情な子だね。君は」

掌でそっと髪を撫《な》でて囁《ささや》く。野上に本当のことを言わなかったのも、自分のトラブルで心配をかけたくなかったからなのだろう。

頼って欲しいと――次に何かあった時は隠すなと言ったけれど。それをすぐに実行できる性格ならば、前回もあれほど一人で抱え込むことはなかったはずだ。これればかりは、気長に教え込んでいくしかないかと溜息をついた。

「千里君？　風邪ひくから、寝るならベッドに行こう」

肩を揺すりそっと声をかけると、小さく声を上げた千里がうっすらと目を開く。寝ぼけているのかしばらくぼんやりと野上の顔を見つめ、はっと我に返ったように目を見開いた。幼げな表情がかわいく、つい笑ってしまう。

「あ、あ……すみません。俺、寝てましたか」

「うん。疲れてるんだろう？　今日はもう寝た方がいい」

くすくすと笑いながら言えば、目元をこすった千里が大丈夫ですと首を横に振った。

「ちょっとだけお話ししてもいいですか？　野上さんが眠くなければ」

「俺は大丈夫だよ」

テーブルを挟んで斜向《はすむ》かいに座ると、千里が背後にあるクッションを野上の方に置く。こちらに身体を向け捻挫した左足を崩して正座をすると、あの、と改まって口を開いた。

微かに伝わってくる緊張感。もしかしたら、と期待と嫌な予感が同時に胸を過《よ》ぎる。怪我の原因を話してくれるのか、もしくは――ないとは思うが、江沢が結婚詐欺で被害届を出されることが耳に入ったか。そう思い、対応を脳裏でシュミレーションする。

万が一、野上がやったことがばれた場合、恐らくごまかされてはくれないだろうけれど。

千里の頑固さを思い出し内心で苦笑しつつ、次の言葉を待った。

「……――あの。今度、舞台の話とは別に先生の小説が映画化される話があるってお聞きしたんですが」

「え？　……ああ！　うん、そういえばあったかな」

予測していたものとは全く違う内容に、一瞬思考が止まる。構えていたのに思いきり外された気分で、慌てて話の内容を思い出した。そういえばだいぶ前に、そんな話をしていたことがあった。昔、野上が賞を取った作品を映画化したプロデューサーからオファーがあり、その時と同じ監督が作ると聞いて了承したところまでは覚えている。

基本的に原作者である野上は、制作に関してはノータッチだ。文章で表現できるものと映像で表現できるものは違う。違う分野で作られるものは別物だという認識があるため、深く関わらない方が見る際にも楽しめるというスタンスなのだ。

もちろん全てが上手くいくわけではないことも承知しているが、今回に限って言えば前回の仕事に関する信頼感があるため安心して任せていた。

「ごめん、随分前に聞いた話だったから忘れてた。高凪から聞いた？」

「いえ……──あの」

しばらく言い淀《よど》みながら視線をうろつかせ、ちらりとこちらを見る。もう一度勢いをつけるように「あの」と言うと、今度は先を続けた。

「ああいうのって、先生も色々希望とか言ったりするんですか？」

先ほどからされている先生呼びに違和感を覚えるが、小説家の朝倉と野上とを区別しているのだろう。野上本人にファンだと知られているせいか、作品の感想を伝えてくれる以外、あまり朝倉としてのことは聞こうとしない千里にしては珍しいことだった。

野上にしてみれば、話したことを漏らさないという千里に対する信頼感はあるし、むしろ教えて喜ぶのなら幾らでも聞いてくれと思っているのだが。

「聞かれたら言うけど、基本的には任せているかな。実際に作ってる人の方が知ってることも多いし。ただまあ、オファーを貰った時点で断ることはあるよ。やっぱり、あまり作品を大切にしてくれなさそうな人とは仕事をしたくないし、何よりその作品を好きだって言ってくれている人に申し訳ないからね」

「今度も、前に受賞作の映画化された監督さんだってお聞きしたんですけど」

「うん、プロデューサーさんも同じ人。前に一度やって貰ってるから、今度は安心して任せっきり。多分、色々決まった頃に連絡がくると思うよ」

ちゃんと決まったら教えるね。そう続けると、気がつけばまた千里が視線を落として顔を伏せていた。どうしたのと顔を覗き込めば、いささか心許《こころもと》なげな表情でこちらを見た。

「……——映画のオファーがきたって、樫谷さんがおっしゃってて」

ぼそぼそと呟くような声になんのことだろうかと考え、すぐに頭の中で話がつながった。

「千里君、あれに出るの？」

身を乗り出して問いかければ、千里が情けなく眉を下げている。野上がそのことに対してどう思っているか。あえてそれを告げる必要もないほど、自分の口元が笑っている自覚はあった。

「まだ、決まってはいないです。打ち上げの前に樫谷さんから呼ばれて、どうかってお話があったって聞いただけで詳しいことは……先生が何か言ってくださったとかじゃ……」

「さっきも言ったけど、俺はノータッチ」

その話に触れてもいないと示すように、両手を顔の高さに上げる。映画化の話すら、たった今千里に言われて思い出したのだ。

「じゃあ、どうして」

「どうしてって」

突然降って湧《わ》いた話を信じ切れないのか、途方に暮れたような顔に微笑んでみせる。上げていた両手を下ろして千里の髪をそっと撫でた。

「それは、君が合うって向こうが判断したからだろう？」

千里は舞台以外の露出がないため、話が来たというのなら制作側の誰かがリバースの舞台を観たのだろう。高凪はもちろん演出の樫谷も人脈が広く、公演には誰かしら業界関係者が訪れていると聞いている。

「千里君は、映画に出るの嫌？」

首を傾《かし》げて問えば、とんでもないと千里は即座に首を横に振った。

「そんなことはないです！　でも突然すぎて信じられなくて……もしかしたら、俺が先生の作品好きなこと知ってるから、何か話してくれたのかもと思って」

もしそうだったら。そして実力が伴わず映画を台無しにしてしまったら、野上に顔向けができない。そんな不安感から即答できないでいると、樫谷からよく考えろと言われたのだと続けた。初めての仕事に不安があるなら、稔や高凪達の話も聞いて参考にしてみろ、と。

「俺のことは何も考えなくていいよ。その話には絡んでないし、やるのもやらないのも千里君の自由だ。やってくれたら嬉しいけど、それは俺の個人的な問題。君がきちんと考えて決めた結果なら、俺はどちらでも賛成だ」

「……──嬉しい、ですか？」

「え？」

じっとこちらを見つめてくる千里に、それはそうだよ、と笑う。

「だって、俺は君のファンだから」

「……──」

千里が朝倉孝司のファンだというように、野上はチサトの演技が好きなのだ。自分の作品に出演してくれるというのなら、嬉しくないわけがない。そう告げると、じわじわと千里の顔が赤くなっていった。

「ありがとうございます……」

俯《うつむ》き、消え入るように呟く。正面からけなされても動揺しないくせに、褒められるとたちまち照れるその姿がかわいく、千里の隣に座り直し肩をそっと引き寄せた。

「まあでも、嬉しくない部分が……あるといえば、ある」

どうしようかと思い呟くと、え、と驚いたように千里が身体を離そうとする。それを引き留め自分の胸に抱き込みながら、だってねえと冗談交じりにしみじみ零した。

「映画ってなると、観る人の桁《けた》が違うし。今日の舞台でも、隣で観てた女の子達が綺麗だったって大はしゃぎだったんだ。君のファンが増えるのはいいことだけど、恋人としては自分だけのものにしておきたいっていうか」

「……──っ」

腕の中で千里がぴくりと身じろぐ。そのまま顔を隠すように野上の胸に額を押しつけてくるが、逆に首筋が赤くなっているのが丸見えになっていた。

「顔、上げて」

小さく耳元で囁くように促すと、そろそろと千里が顔を上げる。羞恥に唇を引き結び、いたずらを咎《とが》めるような瞳をこちらに向けた。

「そんなの、先生の方が有名じゃないですか……ファンだっていっぱいいるし」

「俺は顔出しほとんどしてないからね」

飄々《ひょうひょう》と言い返し、拗《す》ねた形の唇に軽く口づけを落とす。小さな音をたてたそれに、千里が不意に泣き出しそうな表情を浮かべた。

「千里君?」

驚いて問いかければ、千里がなんでもないと軽く首を横に振る。

「さっき別れ際に、心配なら本人に聞けって稔から怒られて……ちゃんと聞いてよかったです。舞台以外の仕事は初めてですけど、頑張ってやらせて貰おうと思います」

「うん、楽しみにしてる」

微笑んで言えば、安堵したように千里が柔らかな笑顔を見せる。

見覚えのあるその表情に、ふと車内から見ていた千里のことを思い出す。あの時二人で話していたのは、野上のことだったらしい。なら、あの笑みも稔に向けられたものではなかったのかもしれない。そう思えば、心の奥に沈めていた嫉妬心が少し和らぐのを感じた。

「夢みたいです。ずっと好きだった作品に自分が出るなんて」

「そういえば、いつから俺の本読んでくれてたの？」

「高校生の時です。姉が……亡くなってすぐくらいに。あの頃は、図書館に入り浸って本ばっかり読んでいて。そこで初めて読んでから、ちょっとずつ全部集めました」

あ、と千里が声を上げて野上を見る。おずおずとした上目遣いに、つい他の欲につき動かされそうになるのをこらえて言葉を待った。

「……もしよかったら。初めて買った本に、今度サイン頂いてもいいですか？」

迷いながら何を言われるのかと思えば、予想以上にかわいい頼みについ吹き出してしまう。

くくくっと俯いて笑っていると、どうして笑いを誘ったのかがわからない千里がきょとんとしてこちらを見ていた。

「そんな、遠慮がちに言わなくても……サインくらい幾らでもするよ。そもそも、劇団でも台本にしただろう？」

「だから、です。個人的にお願いするのが申し訳なくて」

野上が朝倉孝司だと劇団で発表した際、本を読んでいるという団員達に頼まれて台本にサインをした。自分達もそれぞれが名の売れた役者だろうにと苦笑しつつ快諾し、その中に高凪から背中を押された千里が申し訳なさそうに交じっていたのだ。

「減るものじゃなし、別に構わないよ。書店売りのサイン本くらいしかサインする機会もないから、あんまり上手くはないけどね」

「そんなことないです！　先生、字、お綺麗ですし」

かぶりを振った千里に、そうかなと首を傾げる。確かに悪筆ではないだろうが、綺麗というほどでもないと思うが。

「綺麗だと思います。今回の台本も大切にします」

にこにこと本当に嬉しそうに笑う千里に、参ったと心の中で思う。最初に出会った時に高凪に見せていた、あけすけのない笑み。自分の本のことで笑ってくれる人がいる。それがこれほど幸せな気分にしてくれるということを、千里は思い出させてくれたのだ。昔、弟のために小説を書き始めた頃、野上は弟が向けてくれた笑顔が嬉しくて書いていた。

「君は、朝倉孝司の恩人だね。千里君に会ってなかったら、これ以上作品が出ることはなかっただろうから」

しみじみと言うと、千里が驚いたように目を瞠った。野上が小説を書けなくなっていたということは以前話している。けれど千里は小さく首を横に振った。

「俺は何もしてないですよ。もし何かできていたとしたら、先生の作品を読んでいるたくさんの人の代わりに、好きな人がいるってお伝えできたことだけだと思います」

「それが一番、ね。読んでくれている相手が見えなくなってたんだってことに、君が気づかせてくれたんだよ」

そして、チサトという役者が創作意欲を思い出させてくれた。どうして最初からこれほどチサトの演技に惹《ひ》かれたかはわからない。けれど、今回の舞台を実際に観て思ったのだ。千里は、本人が考える以上に役者が好きなのだろう、と。

舞台の上に作られる箱庭のような世界。それは孤独から逃れるための方法でもあったのだろうが――千里は、まるでそこが本当の居場所であるかのように大切にし、生きようとしている。自分の作った世界をこんなふうに表現して貰えたら、どんな気分になるだろうか。最初に見た時そんな想像もしたけれど、実現した時の喜びはその比ではなかった。

「……――」

気持ちのままにそう告げると、今度は照れたように俯く。その身体を抱き寄せてそっと耳元で囁いた。

「まだ、起きてられる?」

甘く、けれど何を求めているかわかるように欲を滲《にじ》ませる。耳朶《みみたぶ》に軽く歯を立てながらの言葉の意味を正確に受け取った千里は、俯いたままこくりと頷いた。

促して顔を上げさせると、柔らかな唇に自分のそれを重ねる。ぴくりと反応した身体をゆっくりと後ろに押し倒して柔らかなラグの上に横たえた。

捻挫した脚を動かさないよう注意し、口づけを続ける。わずかに開いた唇の隙間から、舌を差し入れ千里のそれを搦《から》め捕る。打ち上げでも酒は飲んでいないはずだが、舌を這《は》わせた口腔《こうこう》はいつもより熱く甘さが滲んでいる気がした。やがて徐々に深く重ねていったそれに千里が自ら応え始めた頃、パジャマの裾から掌を忍ばせていく。指先で柔らかな素肌を撫でると、組み敷いた身体が微《かす》かに震えた。

だがその拍子に怪我をした部分に力を入れてしまったのだろう。絡めた舌が痛みにひくりと竦んだのが伝わってくる。逡巡《しゅんじゅん》し、気になることは片付けておくかと口づけを解《ほど》いた。

「……やっぱり、言っておこうかな」

呟き、唾液《だえき》で濡れた千里の唇を舌で拭《ぬぐ》う。息が上がりぼんやりとした表情でこちらを見る千里に、野上はわざと咎めるような視線を向けた。

「脚の怪我のこと、団員の女の子から聞いたよ」

そう言うと、我に返ったように千里が目を瞠る。視線を落とし、気まずげな表情で「すみません」と呟いた。

「新生って、江沢の知り合いだったやつだよね。高凪が言ってた」

無言で頷いた千里に、こつんと若干強めに額を合わせる。

「用件は?」

「移籍が、上手くいかなかったみたいで。俺が江沢さんになんか言ったんじゃないかって。それは違うってことと、俺はもうあの人と二度と関わりを持ちたくないってことは説明しました。それに、はっきり言ったのでもう来ないと思います」

だから、もう心配ないのだと千里が続ける。

「言ったって、なんて?」

「江沢さんに騙されていたんだって。悠は元々口利きでの入団はやっていませんから。江沢さんが入れてやるって言っていたとしても、それは嘘だって。確かに江沢さんはオーナーの息子ですが、入団は舞台監督や演出家の人達に一任されているのでそこでオーケーが出ないと入れないんです」

つまり、オーナーに入団に関する権限はない。そのため、新生が入団しようと思えば、きちんと入団試験を受けて受からなければならないということだ。そう告げれば、新生は悔しそうに歯がみしていたのだという。かっとなって千里に摑みかかろうとしたところで、件の女性団員が声をかけてきたのだそうだ。

「同じようなことを、悠の事務局からも言われたみたいです。それに江沢さんと連絡がつかなくなったっていうようなことを言っていたので、今は俺なんかのことより江沢さんと話をすることの方が大事だと思います」

それに、と続けた。

「前に、高凪さんが言ってたんです。新生は舞台よりテレビの方が向いてるって。それもそのまま伝えておいたので、最後はそんなに険悪な雰囲気じゃなかったですよ」

高凪に聞いた限り、リバースで役を取れなかった新生が悠で抜擢《ばってき》されるとは思えない。そして正論が必ずその人のためになるとは限らず、だからこそ新生の自尊心を傷つけない方法で千里は別の道を示したのだろう。新生より実力も経験もある高凪からの言葉として。

それならば、新生もこれ以上何か言ってくることはないはずだ。思わず浮かんだ笑顔のまま、野上は横たえた千里の身体を抱きしめる。

野上や高凪の推測はおおよそ当たっていたが、千里がこれほど綺麗に自力で火の粉を払ってみせたのは予想外だった。

「強いね、君は。本当に」

「言わなくてすみません。でも、怪我は本当に事故みたいなものでしたし、結果も悪くなかったので……心配させたくなくて」

「うん、それはわかった。無事に解決したならそれでいいよ」

そう告げた野上に、ほっとしたように千里が身体から力を抜く。

「……——あの、江沢さん、あれから本当に野上さんに何もしてきてないですか？」

心配そうに呟いた千里に、抱きしめていた身体を離して大丈夫だよと微笑んでみせる。

むしろ野上の方がその『何か』を江沢にしたのだが、それを千里に言う気はなかった。千里が江沢に対して報復を望んでいるとも、追い打ちをかけた野上に感謝するとも思えなかったからだ。

「もし、あの人が野上さんに何かしたら。俺、今度は絶対許さないです」

思いがけず強い口調に目を瞠ると、はっとしたように千里が強張《こわば》った表情を解く。硬質な、力強いその顔に見惚《みと》れていた野上は、唐突に自分の好みを自覚する。

多分、初めて千里の怒りの表情を見たあの時、自分はこの青年に完全に捕らわれていたのだろう。

「笑顔も泣き顔も好きだけど。自分のことで怒ってくれてる顔が一番好きかな……男前だよね、千里君」

「え？」

きょとんとした千里に、なんでもないよと笑う。

「それに笑顔は、まだまだ茅ヶ崎君には敵《かな》いそうにないし」

「野上さん？」

なんのことかと問い返され、稔と話している時の君が楽しそうってことだよ、と千里の唇を齧《かじ》る真似をする。

「まあ、付き合いの長さからして敵わないのは当然だし、笑うなとは言わないけど。俺が勝手に嫉妬する分には許してね」

そんな身勝手なことを言いながら、野上は再び千里の身体に指を這わせた。

「え、野上さん？　……――っ」

問い返そうとする声をキスで封じ、ゆっくりと柔らかな肌を辿《たど》る。上がり始めた体温と甘い声を愉《たの》しんでいると、千里の手が二の腕辺りのシャツを縋《すが》るように握ってきた。無意識であろうそれに唇を微笑みの形にして、掌をすっと下半身へと滑らせる。

「……っ、あ」

下着ごとパジャマのズボンを下ろし、膝で下肢を割る。シャツのボタンを外すと、鎖骨の辺りに自分の痕跡《こんせき》を残すように口づけを落とした。強めのそれに痛みがあったのだろう、千里が微かな声を上げる。顔を離して見れば、白い肌の中にくっきりと赤い跡がついており、野上は意識せぬまま満足げに目を細めた。

最初に身体を繋《つな》げた時には稽古での着替えがあるため跡を残さないよう気をつけており、その後も公演終了までは千里に負担をかけまいとキス以上のことは控えていた。

初めて千里の身体につけたそれが、自分のもとに縛りつける鎖となればいいのに。そんなことを考えながら、野上は次々と肌に赤い花を散らしていく。

「ん、……野上、さん」

久々の触れ合いと他人から与えられる快感を知った千里の艶《なま》めかしさは、予想以上に野上の欲を煽《あお》り理性を崩していった。甘さと艶《つや》の滲んだその声を聞きたくて、背中から下肢にかけて指先で撫でながら舌で胸先を弄《もてあそ》ぶ。焦《じ》らすような愛撫《あいぶ》に、徐々に千里の腰が浮き野上の脚に硬くなったそこを押しつける形になっていた。

「あ、あ……っ」

口づけを胸から腹部に移し、勃起《ぼっき》している先端へと口づける。

「や、あ……っ」

先走りを零し始めている場所を舌先で舐《な》めると、反応するように千里の身体が震える。咄《とっ》嗟《さ》に逃げそうになる腰を腰骨のあたりを摑んで留《とど》めると、そのまま中心を口腔に含んだ。歯を立てぬよう気をつけながら、舌全体を使って愛撫する。

「やだ、野上さ……駄……っ！」

一瞬何をされているのかわからなかったのか、遅れて千里の制止の声が聞こえてくる。だがその反応には構わずに、唇と舌そして指を使って追い上げていった。

「……っあ、や、……駄目、離……っ」

与えられる快感に身を捩《よじ》りながら、達するのをこらえて野上を引き剝《は》がそうとする。初めての経験なのだろう。声には快感と一緒に懇願するような響きが混じり、わずかな罪悪感と興奮が同時にわき起こり野上の身体を昂《たか》ぶらせた。大丈夫だと教えるように、腰を押さえていた手を外してラグに爪を立てていた千里の手をとる。指を絡めて繫ぐと助けを求めるように必死に握り返され、愛《いと》おしさにふっと目を細めた。

「や、だ……離っ、あ……――あああっ！」

容赦なく追い上げたそれは、野上の口腔で限界を迎えた。放埒を喉奥で受け止めそのまま飲み下すと、震える腰を宥めるように撫でながらゆっくりと唇を外す。

「あ、あ……」

ふと上を見れば、肩で息をしながら目に涙を浮かべた千里がくしゃりと顔を歪《ゆが》めた。子供が泣き出す寸前のその表情に、口元を手の甲で拭って小さく微笑む。

（ああ、やばい。かわいい）

内面の強さを知っているだけに、そんな無防備な表情を見せる千里がかわいくて仕方がない。箍《たが》が外れそうな自分を自覚しつつ、さりとて苛《いじ》めるだけでは意味がないと身体を起こした。同時に千里の腕を引いて上半身を起こすと、抱き寄せて額に唇を寄せる。

「初めてだった？」

「ごめ、なさ……。俺……っ」

「謝らなくていいよ。何も悪いことはしてないから。むしろ泣かれると俺の立場がない」

くすくすと笑って言えば、立場がないというその言葉に、千里は泣くのをこらえるように声を飲んだ。野上に失礼だと思ったのだろう。

「気持ちよかった？」

耳元で囁けば、一瞬肩が揺れ、そのまま部屋に沈黙が落ちた。少しの間のあと、そろそろと千里が野上の肩に額を押しつけてくる。そのままの状態でこくりと頷いた。

「ならよかった。……じゃあ、ベッドに行こうか」

もっと気持ちよくしてあげるから。肩口にある頭に頰を寄せて囁くと、千里の腕がそろりと上がる。野上の背中に回されたそれが、微かな力でシャツを握ってきた。

その一瞬で感じた移動するのもまどろっこしいほどの情動を、この場ですれば千里の身体と左足に負担がかかるからと、どうにかねじ伏せる。

シャツだけを羽織った状態の千里を横抱きに抱き上げ、つかまっているよう注意を促しベッドのある隣室へと向かう。今の自分の姿を視界に入れたくないのだろう。千里は文句を言うこともなく、野上の首に腕を回して肩口に顔を伏せた。

「明日、大学は？」

「……休み、です」

「じゃあ、帰るのは明後日《あさって》以降かな。久々だから手加減がきかないかもしれないし、やばそうだったら送り迎えはしてあげるよ」

「……え?」

ベッドの上に千里の身体を横たえると、そのまま覆い被《かぶ》さってにこりと笑う。

「大丈夫。考えるのは明日でいいから」

「野上さん? あ……——っ」

恐らく野上が無茶をしても、千里は文句も言わず許してくれるだろう。もちろん傷つけるようなことも無茶もする気はないが。

けれど、と。上気した肌に唇を寄せながらちらりと思う。そうして、腕の中にある存在に溺《おぼ》れるように、明け渡された身体へと自らを沈ませていった。

——いつか、理不尽なわがままに文句を言えるくらい、自分が千里にとって一番近い存在になれればいいと願いながら。

あとがき

初めまして、杉原朱紀です。この度は「くちびるは恋を綴る」をお手にとってくださいまして、ありがとうございます。このような機会をいただけて、嬉しさとともに緊張で震えております。少しでも楽しんでいただけていればいいのですが。

舞台を観に行った時の、あの緊張感が大好きで、役者を主人公にしてみたいと思いこのお話ができました。校正中に、食べてる場面の方が多いかもと思ったのは気のせいです。

挿絵をご担当くださったサマミヤアカザ先生。本当にありがとうございました。ラフやカバーイラストを拝見した時、イメージ以上に素敵で、嬉しくてずっと眺めてしまいました。キャラ達を魅力的にしていただけて、本当に幸せです。

いつも丁寧で的確なご指摘をくださる担当様。色々とお力添えいただき、感謝してもしきれません。これからもどうぞよろしくお願い致します。

最後に、この本を作るにあたりご尽力くださった方々や、友人、そして誰よりも、お手にとって読んでくださった皆様に最大級の感謝をこめて。ありがとうございました。

それでは、またお会いできることを祈りつつ。

二〇一四年　初夏　杉原朱紀（旧：杉原那魅）

✦初出　くちびるは恋を綴る……………「シナリオにない恋を君と」（同人誌）
を改題、加筆修正
綴られた恋のゆくえ……………書き下ろし

杉原朱紀先生、サマミヤアカザ先生へのお便り、本作品に関するご意見、ご感想などは
〒151-0051 東京都渋谷区千駄ヶ谷 4-9-7
幻冬舎コミックス　ルチル文庫「くちびるは恋を綴る」係まで。

幻冬舎ルチル文庫

くちびるは恋を綴る

2014年6月20日　　第1刷発行

✦著者　杉原朱紀　すぎはら あき

✦発行人　伊藤嘉彦

✦発行元　株式会社 幻冬舎コミックス
〒151-0051 東京都渋谷区千駄ヶ谷 4-9-7
電話 03(5411)6431［編集］

✦発売元　株式会社 幻冬舎
〒151-0051 東京都渋谷区千駄ヶ谷 4-9-7
電話 03(5411)6222［営業］
振替 00120-8-767643

✦印刷・製本所　中央精版印刷株式会社

✦検印廃止

ISBN978-4-344-83160-5　C0193　Printed in Japan